NADA PODE FUGIR AO SEU DESTINO

NADA PODE FUGIR AO SEU DESTINO

ALDIVAN TORRES

aldivan teixeira torres

CONTENTS

CHAPTER 1

Nada Pode Fugir ao seu Destino
Aldivan Torres

Nada Pode Fugir ao seu Destino

Aldivan Torres, o vidente, é um escritor consolidado em vários gêneros. Até agora, os títulos foram publicados em dezenas de idiomas. Desde tenra idade, ele sempre foi um amante da arte de escrever, tendo consolidado uma carreira profissional a partir do segundo semestre de 2013. Ele espera, com seus escritos, contribuir para a cultura internacional, despertando o prazer de ler naqueles que não têm o hábito. Sua missão é conquistar o coração de cada um de seus leitores. Além da literatura, suas principais diversões são música, viagens, amigos, família e o prazer da própria vida. "Pela

literatura, igualdade, fraternidade, justiça, dignidade e honra do ser humano sempre" é o seu lema.

Jabalpur- Ìndia- 04 de janeiro de 2022

Depois de uma longa viagem

Eu acabara de descer do avião e estava extasiado com a profusão da região índia. Era uma paisagem realmente espetacular. Com relevo formado entre serras, pedestres, carros e animais disputando espaço, a índia era um país altamente exótico. Eu me senti muito bem naquele espaço peculiar e místico.

Descendo do avião, chego ao aeroporto um pouco desorientado. Eu me comunico em inglês e um dos funcionários locais me leva até um taxi. O objetivo era chegar no hotel onde já me esperavam.

Entro no táxi, cumprimento o motorista e dou o endereço desejado. Sento-me confortavelmente no banco de trás e então é dada a partida. Começa aí minha primeira empreitada no país. Por um momento, pensamentos importantes me veem a mente. O que aconteceria? Será que eu estava preparado para o desafio? Onde eu encontraria o mestre? Havia muitas perguntas sem resposta no atual momento.

A cidade me parecia extremamente simpática. Encantado por ela, avançamos nas ruas estreitas como se não houvesse tempo. Parecia que o caminho da iluminação prescindia do tempo e do espaço. Parecia que minhas dúvidas eram maiores do que tudo. Mas também a curiosidade e a vontade de vencer me preenchiam completamente e me faziam um homem a ser trabalhado. Só não sabia quando nem como isso aconteceria.

Isso tudo me leva a uma grande reflexão que envolve minha própria vida e minha carreira. Eu encarava a vida como um grande teste espiritual. O homem é plantado no meio social, surgem as dificuldades e as formas de enfrentá-las, cabendo a nós a ação. Se formos passivos na vida, nada colheremos. Se formos ativos em nossos projetos, teremos a oportunidade de vencer ou fracassar. Se fracassarmos, podemos aproveitar a experiência adquirida em novas situações. Se vencermos, podemos traçar um novo sonho para podermos ocupar nossa mente. Porque o homem é isso: vive em constante busca de Deus e de si mesmo.

Transitando naquelas ruas, vejo as sequelas da pobreza e riqueza herdadas pela população. Nada disso é um carma. Tudo pode ser moldado a nossa própria vontade. E isso não é nem questão de egoísmo. É uma forma de conquistar seus objetivos pois nada se constrói na terra sem o dinheiro. Ter dinheiro não te exime da responsabilidade com sua própria evolução. Precisamos exercitar sempre a caridade para descobrirmos a verdadeira felicidade e encontro com o criador de todas as coisas.

O táxi finalmente chega. Subo as escadarias do hotel e me acomodo num apartamento do primeiro andar. Arrumo minhas coisas da mala e me sinto livre. Depois disso, saio do apartamento e converso com um dos funcionários do local. Um deles se interessa muito pela minha casa e se dispõe a ser meu guia.

Dinesh

Eu gostei realmente de você. Suas atitudes, suas ações, seu jeito de ser me parecem extremamente peculiares. Qual é seu nome e de onde você vem?

Divino

Meu nome é Divino, filho de Deus, vidente ou Aldivan Torres. Eu sou um dos grandes escritores brasileiros.

Dinesh

Que maravilha! Eu adoro o povo Brasileiro. Fiquei curioso sobre você. Poderia me contar um pouco de sua história?

Divino

Claro, com todo prazer. Mas é uma longa história. Prepare-se. Meu nome é Aldivan Torres e conclui a graduação em Matemática. Minhas duas grandes paixões são a literatura e a matemática. Eu sempre fui um amante dos livros e desde pequeno ambiciono escrever o meu. Quando eu estava no primeiro ano do ensino médio, eu reuni alguns trechos dos livros de Eclesiastes, Sabedoria e Provérbios. Fiquei muito feliz apesar dos textos não serem da minha autoria. Eu mostrei a todo mundo, com muito orgulho. Terminei o ensino médio, fiz um curso de informática e parei meus estudos por um tempo. Depois, ingressei num curso técnico de Eletrotécnica pertencente na época ao Centro Federal de Educação Tecnológica. No entanto, percebi que não era minha área por um sinal do destino. Eu estava preparado para estagiar nessa área. Porém, no dia anterior ao teste que eu ia fazer, uma força estranha me pedia continuamente para eu desistir. Quanto mais passava o tempo, maior era a pressão exercida por essa força. Até que eu resolvi não fazer o teste. A pressão acalmou, e o meu coração também. Creio que tenha sido um sinal do destino para eu não ir. Temos que respeitar nossos próprios limites. Fiz alguns concursos, fui aprovado e atualmente exerço a função de assistente administrativo educacional. Há três anos tive outro sinal do destino. Eu tive alguns problemas e acabei entrando em crise nervosa. Comecei então a escrever e em pouco tempo isso me ajudou a melhorar. O resultado de tudo foi o livro: Visão de um médium, que não publiquei. Tudo isso me mostrou que eu era capaz de escrever e ter uma profissão digna. Depois disso, passei noutro concurso, enfrentei problemas no trabalho, vivi novas aventuras na série o vidente e tive grandes decepções amorosas e profissionais. Tudo isso me fez crescer e me tornar o homem que sou hoje.

Dinesh

Interessante. Me parece uma trajetória maravilhosa. Eu sou mais simples. Sou filho dum monge e com ele aprendi segredos da minha religião. Também pesquisei mais sobre cultura e cresci como ser humano. Minhas entidades apontaram para você como alguém especial. Eu realmente gostaria de conhecê-lo melhor.

Divino

Pois bem. Eu também tenho interesse em conhecê-lo. Vamos fazer esse intercâmbio cultural. Quero conhecer mais sobre seu país e sua cultura. Vamos crescer juntos rumo a evolução.

Dinesh

Então me siga.

Atendi ao chamado do mestre. Pegamos um táxi e começamos a caminhar nas ruas da cidade. Realmente, eu estava gostando de tudo aquilo que eu estava presenciando. Tudo era tão novo e tão interessante. Isso me instigava a observar tudo detalhadamente no intuito de escrever minha próxima obra.

Andando em círculos e depois em linha reta, vou olhando pela janela do carro todo o movimento nas ruas. Eu me sentia feliz, encantado e cheio de ideias. Eu me via inspirado a produzir bons encantamentos de vida para todos aqueles que me acompanhavam. Tudo estava escrito no livro da vida e no destino. bastava acreditar. Enquanto andamos, início uma conversa.

Divino

Como você definiria a cidade de Jabalpur?

Dinesh

Jabalpur é a terceira cidade mais populosa do distrito de Madhya Pradesh e a trigésima sétima maior aglomeração urbana do país. Nós somos uma importante cidade no contexto comercial, industrial e turístico. Também somos um importante centro educacional.

Divino

Qual é a origem do nome Jabalpur?

Dinesh

Uns dizem que foi por causa de um sábio que meditava nas margens do rio Narmada. Outros dizem que foi devido a pedras de granito ou grandes pedras que são comuns na região.

Divino

Maravilha. Muito bom. Gostei de conhecer um pouco mais desse local.

O carro dá um solavanco e nos sentimentos mais relaxados. Tudo se encaminhava para um encontro de culturas e tradições. Naquele momento, era primordial priorizar o conhecimento e a sabedoria que poderia ser conquistada. Findo o programa, poderia conquistar a libertação do eu interior, uma energia tão poderosa que poderia nos fazer atingir a iluminação. Nada, em absoluto, era impossível de conquistar porque a fé poderia produzir grandes milagres.

O veículo avança dum lado para o outro e nos encontramos dispersos em nossos próprios pensamentos. Enquanto o mestre se preparava para questionar a si mesmo e a elaborar uma estratégia de aprendizado, eu viajava em minhas antigas histórias de vida. Todo o processo criativo anterior me fortalecia de tal forma e me inspirava a criar mundos e conceitos. Era preciso mergulhar no próprio amago do universo, se fortalecer com as entidades de energia, desbravar o controle de si mesmo era um grande desafio.

Foi assim que chegamos ao centro de treinamento.

Hanumantal Bada Jain Mandir

O carro estaciona frente ao templo. Nós descemos, pagamos o motorista e começamos a andar em sua direção.

Dinesh

Estamos num lugar sagrado. Foi aqui que aprendi a ser um verdadeiro monge. Aqui trabalhamos com fluidos energéticos do bem. É preciso concentração para fazer brilhar nossa energia. A palavra mais adequada é aprendizado.

Divino

Obrigado pelo convite. Estamos aqui para trocar energias. Tenho certeza de que vai ser uma experiência incrível.

Dinesh

Com certeza. A honra vai ser toda minha.

Primeiro santuário

Eles entram no grande prédio, guardam as coisas num quarto, e depois vão para o treinamento espiritual. Agora era a hora verdadeira de crescer e se consolidar como mestre espiritual. Suas fontes de ebulição carnal praguejavam coisas horríveis em sua mente como se despertando um poder interior.

Ao sinal do mestre, eles se dão as mãos e tentam concentrar sua energia vital. O ritual os deixa conscientes e ao mesmo tempo com a mente bem aberta.

Dinesh

Muitos não sabem que destino escolher ou que direção tomar. São ovelhas em busca de um pastor. Outros não sabem que partido político, político, ideologia, sexualidade ou qual religião são predestinados. Pare, pense e reflita. Tente escutar a voz da sua intuição. Tente se conectar às forças de energia divinas. Quando entramos em conexão com essas energias, somos capazes de tomar nossas próprias decisões. Isso independentemente de sua crença. Toda escolha é válida desde que não prejudique o próximo. No mundo, temos duas escolhas: a escolha pelo caminho das trevas e a outra escolha é pelo caminho da bondade. Isso também reflete em nossas atitudes e em nossos reflexos. Não podemos falar em caminho melhor. Todos são caminhos de aprendizado e não são definitivos.

Divino

É esse caminho de aprendizado que quero trilhar. Eu amo esse caminho de experimentar sensações diversas e autônomas. O conhecimento é nossa grande arma contra o ódio e a violência. Precisamos lutar com coragem pelos nossos ideais. Precisamos fazer o outro feliz e nos permitir ser feliz. Todos nós merecemos a felicidade nesse caminho do eterno aprendiz. Como posso atingir esse grau de libertação espiritual?

Dinesh

Temos que renunciar às coisas ruins. Temos que fazer a escolha certa. Temos que escolher o bem, estar ao lado do grupo Lgbti, estar ao lado de negros, mulheres e pobres. Devemos estar ao lado dos excluídos e compartilhar com estes do mesmo pão. Precisamos fazer isso por Deus, por nós mesmos, pelo milagre do nascimento, pela glória da existência, para diminuir nossa dor sentimental e física, ter mais força de lutar pelos seus objetivos e escrever sua própria história de forma digna. Quando renunciamos a todo mal, somos chamados de homem sábio.

Divino

Eu já faço isso tudo. Eu estou ao lado dos perseguidos e marginalizados. Eu tenho coragem de me identificar como um excluído. Eu sinto em mim todos os dias os sofrimentos do preconceito e da intolerância. Se eu fosse um Deus, eu seria o Deus dos pobres e dos excluídos.

Dinesh

Que maravilha, aldivan. Eu me identifico com você. Tem momentos da nossa vida que precisamos de coragem, identificação e determinação. Precisamos fluir nosso instinto superior e realizar milagres. Precisamos ser proativos e fazermos muito mais pelo próximo. Ainda bem aprendeu. Vamos para o próximo santuário.

Os dois andam de mãos dadas para que a energia flua adequadamente e se deslocam para o segundo cenário.

No segundo cenário

Os dois amigos já se encontram no segundo cenário. O mestre organiza todo o ambiente para o ritual: uma taça, um bolo e uma mesa no centro. Usam a taça para beber o licor e comer o bolo. Nisso, podem ser ouvidas vozes estranhas em seus estômagos. Explodindo em flatulências, eles criam uma fumaça em todo o redor.

Dinesh

O mundo, em sua atualidade, se encontra cheio de preconceitos e discriminações. De um lado, a elite branca, rica, bonita, política e do outro lado, o pobre, o feio, o fedorento e a mulher. O mundo cheio de regras é feito de acordo com os desejos da elite. Só ela tem as benesses de se sentir superior, amado e admirado. Enquanto os discriminados, são perseguidos e mal podem respirar ou viver tranquilamente. O mundo precisa de muitas mudanças estruturais. Precisamos duma política justa para todos, precisamos mais geração de empregos, precisamos mais caridade e bondade, enfim, precisamos ter uma nova sociedade onde todos sejam realmente iguais em oportunidade, direitos e deveres.

Divino

Eu senti isso na pele, meu amigo. Filho de agricultores, desde cedo aprendi a lutar pelos meus objetivos. Nesse caminho, não recebi ajuda de ninguém, exceto a ajuda da minha mãe. Tive que lutar bravamente pelos meus sonhos. Quando trabalhamos arduamente, Deus abençoa. Foi assim que aos poucos fui conquistando meus objetivos sem magoar ninguém. A cada vitória alcançada, experimentei sensações muito boas. É como se o universo estivesse retribuindo toda minha bondade. Nisso, podemos considerar verdade o seguinte ditado: quem planta, colhe!

Dinesh

O pior de tudo, meu amigo, é quando esse preconceito se transforma em ódio, violência e morte. Existem gangues especializadas em matar as minorias e isso é tão deprimente.

Divino

Compreendo. Parece que as pessoas do mundo não aprenderam com a pandemia. Ao invés de amar uns aos outros, eles estão matando, ferindo e trapaceando. A maioria das pessoas perdeu os valores básicos de convivência. Como então se recuperar diante de Deus?

Dinesh

Em relação a isso, podemos notar que: por causa das coisas do mundo, por causa da glória ou estatuto social, por causa dos ciclos naturais da vida, por causa dos ciclos da evolução e por causa da libertação final, muitos se perderam em pecados. Isso faz com que o homem nunca evolua completamente.

Divino

Todas essas coisas são efêmeras. Devíamos cultivar sabedoria, o conhecimento, a cultura, a bondade e a caridade dentre outras coisas. Só assim teríamos avanços concretos no caminho da iluminação.

Dinesh

Mas essa é uma consequência do livre arbítrio. Se sou livre, posso escolher entre o bem ou o mal. Se prefiro as trevas, também sofro consequências. Acho que quando não aprendemos no amor, aprendemos com a dor.

Divino

A escolha mais sábia seria aprender no amor. Para isso, precisaríamos ser menos exigentes e agir mais. Para isso, precisaríamos descartar sonhos e colocar outros no mesmo local. Precisaríamos trocar o que nos faz mal, nos afastar e escolher está perto de quem nos faz bem. Tudo que é feito com amor gera ainda mais energias positivas.

Dinesh

Concordo. Mas existem pessoas realmente maldosas. Criaturas infernais que não dão sossego aos outros. Não entendo como alguém pode causar danos ao seu próximo. O fardo da consciência pesada ao dormir, destrói a paz de qualquer um. Isso é viver o inferno na terra.

Divino

Por isso devemos mostrar nossos exemplos humanitários. Tendo projetos do bem, podemos incentivar os outros humanos a seguirem o mesmo caminho. Eu creio que a caridade deve ser partilhada, para que mais pessoas se sintam inspiradas a ajudar.

Dinesh

Dificilmente as pessoas ajudarão. O egoísmo é predominante no mundo. Mas para aqueles que se sensibilizam, o céu está mais perto.

A fumaça baixa. Eles destroem o cenário e saem do transe psicótico. Tinha sido uma ótima reflexão. Agora partiriam para o próximo cenário e viveriam novas experiências.

No terceiro cenário

Eles andam alguns passos e já estão no novo cenário. Eles montam uma espécie de cabana e se sentam em posição de meditação. Então o diálogo continua.

Dinesh

Aquele que anda no caminho do bem, que faz todos os trabalhos em prol da humanidade, que nunca cometeu erros graves, é chamado agraciado. São poucas almas nesse grau de evolução. Qual o segredo delas? Creio que se conectar a uma força superior. Guiados pelas entidades do bem, elas podem entender melhor seu destino na terra e frutificar.

Divino

Já em contradição com estes, as pessoas que não têm frutos, são aqueles que se acovardam diante das dificuldades da vida. Preferem o caminho mais fácil, destruir ao invés de somar. Por isso, sofrem em infernos espirituais. O que faltou a eles?

Dinesh

Faltou fé para eles. Diante das dificuldades, eles preferiram fraquejar ao invés de tomar uma atitude diferente. Lamento por eles. Mas eles colherão o que plantaram.

Divino

Como podemos conquistar o mundo?

Dinesh

Perseverando na fé e lutando pelos seus objetivos. Trilhando o caminho do bem, eles poderão ter uma visão ampla do que é o mundo e fazer as melhores escolhas. Só basta acreditar em si mesmo.

Divino

Qual é o segredo do sucesso?

Dinesh

Ser autêntico. O homem não deve nunca se negar reconhecer suas origens. Deve-se ir galgando os passos da felicidade, deve trabalhar muito para colher depois. Lembrar sempre que o tempo de Deus não é igual ao nosso.

Divino

O que acha de pessoas que fingem?

Dinesh

Isso é uma grande falha do ser humano. Muitos fazem isso para se proteger visto que já sofreram muito na vida. Essa atitude foi consequência do meio social em que estava inserido. Isso lhe priva de importantes experiencias sociais.

Divino

Quais são as consequências disso?

Dinesh

Eles destroem suas próprias vidas por falta de se assumir quem verdadeiramente são. Quando assumimos quem somos, já temos uma espécie de felicidade. Mesmo que o mundo seja contrário as nossas regras, podemos ser felizes no âmbito individual. Não há nada de errado em ter suas próprias regras.

Divino

Por isso que temos o ditado: Minha vida, minhas regras. Não devemos permitir que a sociedade interfira em nossa liberdade individual. Temos que ter liberdade de expressão e de atos desde que isso não prejudique nosso próximo.

É finalizada a sessão. O ritual é desfeito e eles se sentem mais completos. Já havia avanços notáveis, mas eles queriam progredir mais. O objetivo era compartilhar ideias.

No quarto cenário

Um fogo é aceso. Os dois fazem um círculo de luz em volta do fogo e começam a dançar. A energia acumulada dos dois provoca explosões e eles entram em transe.

Dinesh

O fogo é um elemento primordial em nossas vidas. É um elemento constituinte da alma, do corpo e da magia natural. É através dele que podemos manipular situações e destinos. O fogo purifica e enobrece os guerreiros.

Divino

Mas também é algo que fere e destrói. Devemos ter cuidado em sua manipulação para que não nos machuquemos. Precisamos nos aliar ao poder do fogo para construir situações benéficas. Assim devemos fazer da mesma forma nas provas da vida. Precisamos brigar menos e nos unir mais. Devemos perdoar e seguir em frente. Devemos transcender e absorver coisas boas. Tudo vale a pena quando a alma não fica diminuída.

Dinesh

Precisamos canalizar o poder do fogo. Para isso devemos mentalizar sua ação em cada uma das situações de risco. Aliado à nossa boa vontade, podemos liberar nosso dom interior e transformar nosso destino. Podemos e devemos sermos atuantes em cada situação de nossas vidas, devemos ser protagonistas de nossa própria história.

Divino

Verdade. Essa canalização vai nos mostrar quem somos e o que desejamos. Sabendo exatamente o que queremos, podemos traçar estratégias convincentes e duradouras. Quando há um bom planejamento, as chances de fracasso diminuem consideravelmente.

Dinesh

Além disso, quem controla o poder do fogo afasta a ignorância. Pois quem é o mestre do fogo, tem o controle de si mesmo, são esforçados em suas metas, são cumpridores dos seus deveres e obrigações. Aquele que evolui de forma a desprezar os defeitos e enaltecer suas qualidades é chamado de ser tormentoso.

Divino

Essa tal ignorância é um grande problema. Muitos se deixam levar por ela e destroem lares e situações. Precisamos superar as diferenças, organizar nossa rotina de tal forma que podemos vivenciar nossa estratégia de vitória e colher os frutos de nossa plantação. Se o fruto for bom, isso é agradável a Deus.

Dinesh

Isso nos remete ao sentido da vida. A existência é um emaranhado de situações propícias às realizações. Precisamos organizar toda nossa estratégia para podermos fazer conexões com os outros seres vivos de forma a desenvolver nossa sabedoria, nossa consciência, nossa fé, nossa própria liberdade e energia vital. É preciso nos situar no mundo para vivermos bem e cada vez mais.

Divino

Daí que entra ação de nosso livre arbítrio. Podemos ter um futuro benéfico, mas nem sempre estamos dispostos a nos sacrificar para isso. Isso envolve entrega, doação, reflexão, harmonia, mentalização, disposição e argumento. É preciso despertar nosso sentido superior e com isso transformar as relações. É preciso, antes de tudo, ser um forte.

Um silêncio constrangedor paira entre os dois e o ritual é desfeito. Grandes verdades estão vindo à tona nessas breves experiências importantes. Mais do que viver, é preciso experimentar e evoluir. Para isso, eles saem do local e vão para o próximo cenário.

No quinto cenário

Eles arrumam o ambiente do quinto cenário. Colocam estatuetas de santos, cortinas bem desenhadas e floridas, incenso com perfume raro e uma adaga sagrada. Com a adaga, fazem um risco no chão e a fumaça sobe. Eles entram em êxtase espiritual.

Dinesh

O que me diz sobre a riqueza? Acho muito fugaz essa busca pelo dinheiro. Pessoas destroem outras, usam de má índole para prejudicar os outros, ações más não são justificadas pelos objetivos. Precisamos quebrar essa corrente da importância do dinheiro, precisamos dar valor ao que realmente é importante: caridade, respeito, amor, amizade, tolerância entre outras coisas importantes.

Divino

Dinheiro é importante, mas não é absolutamente tudo. Podemos ter dinheiro e termos boas ações. O que define uma pessoa não é seu poder aquisitivo. As pessoas são definidas pelas suas atitudes e obras. Isso é o que permanece como legado eterno.

Dinesh

Concordo. Para experimentar os sabores do mundo, precisamos de dinheiro. Para praticamente tudo, necessitamos desse apoio material. Então isso explica essa procura louca pelo dinheiro. Mas isso não deve ser a única coisa importante. Precisamos ter uma nova ótica da vida.

Divino

Conquistar dinheiro não implica em desonestidade. Há pessoas realmente bem-sucedidas. Isso não deve ser parâmetro para nossos julgamentos. Mas precisamos nos situar e nos posicionar em coisas necessárias na vida. Precisamos sempre fazer a diferença na vida do próximo. Precisamos nos livrar das coisas impuras para ser feliz.

Dinesh

Quanto a questão da doação, analiso que doar é mais importante do que receber. A doação provoca em nossa mente sensações necessárias para a evolução de nosso espírito. E quem recebe a doação, tem suas necessidades atendidas. É uma dupla sensação boa.

Divino

O único problema são os falsos mendigos. Muitos deles são aposentados e ficam pedindo esmola. Já vi relatos de muitos deles que dizem não querer trabalhar porque ganham mais com esmolas. Isso se chama comércio fraudulento ou golpe.

Dinesh

Isso acontece muito. Precisamos ter o máximo cuidado com isso. Existem lobos em pele de cordeiro. Temos quer estar atento para não sermos enganados.

Divino

Que aqueles que recebem doações honestas não guardem isso. Que usufruam dos alimentos ou objetos de acordo com sua capacidade. Se receberem muito, também doem. O mundo precisa dessa união de solidariedade.

Dinesh

Que sempre Deus nos abençoe. Deus nos guarde na riqueza ou pobreza, Deus nos guarde nas tempestades da vida, Deus nos livre da doença e peste contagiosa. Enfim, Deus nos livre de todo mal.

Divino

Como devemos aproveitar dos prazeres da vida?

Dinesh

Devemos aproveitar as delícias da vida em sua máxima expressão. Não podemos rejeitar nada, pois não sabemos o dia de amanhã. Quem se nega a aproveitar dos prazeres da vida, se arrepende sinceramente. Temos também que investigar os mistérios da existência. Precisamos usar nossos dons espirituais e frutificar. Só assim teremos uma vida plena.

Divino

Pois é, o ciclo de samsara nos proporciona isso. Ela nos liberta das correntes invisíveis que nos prende a baixas vibrações. Sabendo controlar nosso ciclo de vida, podemos fazer espantosos avanços espirituais.

Dinesh

Verdade, são ciclos alternativos. Aproveitando o prazer e renunciando a coisas mundanas, podemos cultivar esse ciclo. Isso cria um emaranhado de coisas que junto com a fé produz situações inesperadas. Isso é um bom pensamento do sábio.

Eles saem do transe, saem do cenário e vão para o próximo departamento. O treinamento estava fazendo com que eles crescessem cada vez mais.

No sexto cenário

A cerimônia do ritual é preparada com uma cerveja, uma pintura renascentista e uma cueca suja. Acendendo uma luz luminosa ao redor deles, eles fazem um incenso rápido para poder entrar em transe. Em sua mente, visualizam o passado, o passado e o futuro como pássaros velozes. Enquanto isso, conversam entre si.

Dinesh

No mundo, existe o animado e o inanimado. Mas todos são componentes importantes na formação do universo. Cada qual com sua função, somos agentes da história ao longo do tempo. Essa história está sendo escrita nesse momento por cada um de nós. Pode ser uma história triste ou uma história bonita. O que importa é a contribuição ativa que cada um de nós dá ao universo.

Divino

Eu me sinto parte integrante disso duma forma especial. Denominado de filho de Deus pelas entidades, pude compreender os mais obscuros segredos do universo. Através de experiencias frustrantes e dolorosas, pude evoluir espiritualmente e me tornei um mestre de sabedoria. Eu cresci através do meu próprio esforço. Eu cultivei meu talento conforme a bíblia recomenda. Eu não me escondi do mundo. Eu assumi minha identidade e enfrentei as forças contrárias. São pessoas que me condenam ao inferno por eu apoiar os marginalizados pela sociedade, um povo abandonado que precisa de mim para ter alguma esperança de representação. Eu sou a voz dos excluídos. Eu sou o Deus deles. Ter consciência desse papel na sociedade é fundamental para minha carreira de escritor. Ao perceber isso, tudo fez mais sentido para mim. Não estamos sozinhos no mundo. Nós somos fortes e podemos ter nosso lugar no mundo mesmo que o fanatismo religioso nos condene.

Dinesh

É exatamente como você disse: Não estamos sozinhos. Unidos, podemos ter força para reagir frente aos adversários. Não queremos guerra em nenhuma hipótese. Nós queremos diálogo e aceitação. Queremos que nossos direitos sejam respeitados pois temos direito a isso. Chega de mortes e perseguição. Precisamos de paz nesse mundo assombrado pelo vírus. E vocês sabem por que o vírus entrou no mundo? Por causa do pecado humano. Todos nós estamos no pecado. Só porque você é seguidor duma religião, não quer dizer que não tenha pecado.

Portanto, nunca julgue o próximo. Olha para teus defeitos primeiro e veja como você é falho.

Divino

Com isso, chegamos no ciclo de samsara. Sua evolução só acontecerá quando houver tolerância e amor no seu coração. Precisamos nos colocar no lugar do outro, perdoar e não julgar. Precisamos parar de fanatismo religioso. Temos que seguir a Deus e não as religiões. São duas coisas completamente diferentes.

Dinesh

Verdade. É utilizando como argumento de religiões que muitos cometem o mal. É em nome do dinheiro que muitos perdem a salvação. São guerras invisíveis que cada uma trava dentro de si.

Divino

Por isso devemos ter sempre bons valores éticos em todas as instâncias da vida. Não devemos matar os animais por esporte ou por rituais religiosos. Devemos preservar a vida em abundância.

Dinesh

Isso são práticas pecaminosas. O homem se porta como senhor do universo, mas na verdade é um pequeno ponto na existência. Até mesmo nosso planeta que é gigante para nós, é um pequeno ponto no universo. Portanto, tenhamos menos orgulho e sejamos mais simples.

Terminou o ritual. Cada um recolhe seus objetos pessoais e vai descansar. Seria a primeira noite de sono num dia tão agitado. Entretanto, ainda havia um longo percurso a ser percorrido.

No sétimo cenário

Amanhece. A turma levanta, escova os dentes, toma o banho e come o desjejum. Depois disso, estão prontos para reiniciar o aprendizado espiritual. Era um caminho lindo, feito de encontros e descobertas. Um caminho de honestidade, dedicação e alegria.

Essa era a grande aventura do pequeno sonhador, alguém que sempre acreditou em si mesmo. Mesmo diante das grandes dificuldades impostas pela vida, ele nunca pensou em abandonar sua arte. Ele sempre sonhou com seu reconhecimento literário e a cada dia isso se aproximava. Ele simplesmente era feliz pelas todas as graças alcançadas.

A dupla se reuniu no sétimo cenário. Eles mentalizam para entrar em transe e quando conseguem, começam a tagarelar.

Dinesh

Nosso grande guia é o conhecimento. Com o auxílio deste, podemos verdadeiramente conquistar nossas coisas e ter uma maior liberdade conquistada. O conhecimento transforma nossa vida e nos acompanha durante toda a vida. Podemos perder nosso trabalho, podemos perder o nosso grande amor romântico, podemos perder nosso dinheiro. Entretanto, nosso conhecimento nos leva a vitória e ao reconhecimento.

Divino

Por isso estou nesse caminho de aventuras. É um caminho prazeroso que me leva ao aprendizado de várias coisas. Sinto que cresço a cada momento com cada obstáculo ultrapassado. Hoje sou verdadeiramente um homem feliz e realizado.

Dinesh

Esse é o verdadeiro caminho de evolução que devemos trilhar. Para atingir a suprema evolução, devemos nos livrar de todo sentimento negativo que povoa nossa mente. Precisamos nos engajar na ajuda ao próximo, sem esperar retribuição. É fazendo da doação um ato diário que podemos conectar ao poder maior do universo. Dessa forma, nossa vida fará mais sentido e se tornará completa.

Divino

Verdade. O que destrói o ser humano é o fingimento. É querer ser aquilo que não é, para fazer um bom papel diante da sociedade. Essas pessoas vivem um personagem diário, mas não são felizes. Quando não vivemos nossa autenticidade, perdemos parte de nós mesmos.

Dinesh

Mas muitos não enxergam isso. Preferem viver esse conto de fadas e ter essa sensação de aceitação. Eu até entendo o ponto de vista deles. Vivemos numa sociedade hipócrita e homofóbica. Vivemos numa sociedade que mata devido ao preconceito. Então por que devo arriscar minha própria vida? Não seria melhor eu viver uma vida dupla e ser feliz? Realmente, não condeno essas pessoas.

Divino

Isso é fruto da militância religiosa. Essas seitas nos colocam regras que eles mesmo não cumprem. Isso é o que destrói nossa felicidade. Mas eu quebrei esse paradigma. Eu optei por ser livre e fazer minhas próprias regras. Por isso, me sinto totalmente feliz.

Os dois se emocionam. Eram décadas de sofrimento e alienação religiosa. Cada um ali tinha sua história. Nada era fácil. Só que aos poucos eles descobriam o verdadeiro prazer de viver. Isso era uma conquista fantástica.

Um instante depois, eles terminam o ritual e seguem para o próximo cenário. Havia muita coisa a experimentar.

No oitavo cenário

No novo cenário, eles estão totalmente relaxados. Rejuvenescidos por novas experiências, eles procuravam entender um pouco mais do universo e de si mesmos. Esse processo de conhecimento era fundamental para elaboração de novas estratégias.

Um novo ritual começa. Eles fazem um quadrado mágico e se colocam no centro dele.

Dinesh

Sobre a questão de nossos esforços e nossos trabalhos. Para conseguirmos nos destacar, temos que priorizar a qualidade de nosso trabalho. Um trabalho bem-feito arranca elogios. Um trabalho com valores como a honestidade, a dignidade, a caridade e a tolerância são amplamente elogiadas. Precisamos, pois, fazer essa diferença no mundo.

Divino

Concordo. Vejamos meu exemplo. Sou um jovem trabalhador, eu tenho meu lado artístico, sou caridoso, apoio a família, eu batalho pelos meus sonhos. Mas por outro lado, as outras pessoas são egoístas, mesquinhas e não ajudam umas as outras. Por isso o mundo não evolui. Precisamos de mais ações e menos promessas.

Dinesh

Você é um exemplo. Mesmo com todas as responsabilidades que você tem, nunca desistiu dos seus sonhos. Você é uma pessoa muito humana que deve ser modelo para os outros. Devemos praticar isso. Ter desprendimento das coisas materiais, ter mais alegrias nas coisas simples, pedir menos e agir mais. Ser o mestre de sua história é essencial para construir sua própria identidade.

Divino

Isso se resume a ser menos materialista e mais prático. Devemos ter uma atitude diferente de vida. Valorizar o que realmente importa.

Dinesh

Mas aí entra a questão do livre arbítrio. As pessoas não são robôs. Elas têm o direito de escolher o caminho que for melhor para elas. Não podemos ditar regras para quem quer que seja. Portanto, creio que o mundo continuará com suas mazelas. É mais fácil escolher o mal do que o bem.

Divino

Com certeza. Nosso papel é apenas orientar. Ninguém é obrigado a fazer nada. Essa liberdade é que nos conduz ao nirvana. Essa liberdade é que é nossa marca própria. Precisamos valorizar isso sempre.

Dinesh

Verdade. Temos que construir esses momentos na vida. Temos que nos conectar com outras pessoas, partilhar experiências, absorver coisas novas e excluir coisas velhas que já não somam nada na nossa vida. Esse é o princípio da regeneração da vida.

Divino

Com essa regeneração, somos capazes de voos mais altos. Podemos simplesmente nos perdoar, seguir em frente e construir novas situações. Podemos mudar nossa mente e ver os outros de uma ótica diferente. Podemos ter mais fé na humanidade nesses tempos difíceis. Podemos tentar novamente ser feliz.

A conversa é interrompida. Há uma leve sensação de estranhamento no ar. As mentes deles giram como se fossem pássaros desequilibrados.

Há uma grande profusão de sentimentos, sensações, alegria, rejuvenescimento, glória, harmonia, prazer e solidão. Era preciso estar atento aos sinais que a vida nos dá. Era preciso acreditar em suas capacidades com esperança de transformar o mundo. Era preciso muito mais do que eles esperavam. E assim o ritual termina com eles decidindo terminar os trabalhos. Eles sabiam o momento certo de desistir.

O fazendeiro rico e a jovem humilde

despedida

Cimbres, 2 de janeiro de 1953

Rose era uma jovem humilde com cerca de dezoito anos. Era a moça mais bonita e desejada da região. Estava com noivado prometido para Peter, seu grande amor. Só que a situação financeira de sua família não estava nada boa. Era um período de grande seca e todos sofriam sem investimento governamental. Milhões lutavam pela sobrevivência e faltava comida e água.

Foi aí que houve uma reunião com a família da noiva para tratar problemas pontuais. Estavam na reunião Rose, Onofre (pai de Rose), Madalena (mãe de Rose), e Peter (noivo de Rose).

Onofre

Por que você marcou esse encontro? Planeja algo?

Peter

Quero comunicar uma decisão. Eu arrumei trabalho em são Paulo e vou ter que mudar. Quando eu retornar, vou marcar o casamento.

Onofre

Tudo bem. Desde que você respeite minha filha. Sabemos que a distância atrapalha muito a vida dum casal.

Peter

Compreendo. Da minha parte, eu manterei o acordo. Vou trabalhar para arranjar dinheiro para casar-se. Não é ótimo, meu amor?

Rose

Vai ser ótimo. Precisamos disso. A parte ruim é que terei grandes saudades. Eu amo muito você, meu amor. Nosso sentimento é verdadeiro. Não podemos perder isso, está bem?

Peter

Eu prometo que não vou esquecê-la. Eu me correspondo por carta, está bem?

Rose

Esperarei ansiosamente.

Madalena

Toda sorte aos dois. Mas será que vai dar certo?

Peter

Confiem em mim. Tentarei voltar o mais rápido possível. Fiquem em paz e com Deus.

Eles se abraçam. Era o último contato físico antes da viagem. Uma multitude de pensamentos percorre a mente daquele homem guerreiro. Ele tenta se acalmar num ambiente de incertezas. Mas estava completamente decidido a se mudar e tentar a sorte. Depois de se despedir, o rapaz vai pegar o ônibus. Seu destino era o sudeste do país que tinha uma melhor situação econômica.

Trabalhando no bar

Era noite de festa no bar da alegria, no distrito de Cimbres. Estavam comemorando o casamento de um dos homens mais importantes da vila. A fim de ganhar algum dinheiro, Rose estava trabalhando de garçonete.

Foi quando um homem negro e másculo a chamou.

Henriques Garcia

Por favor, senhorita, me traga mais cerveja e churrasco.

Rose

Está bem, senhor. Estou aqui para servi-lo.

Henriques Garcia

Obrigado. Mas o que faz uma jovem tão linda trabalhar desse jeito?

Rose

Eu preciso trabalhar para ajudar meus pais. Meu noivo foi embora para São Paulo e eu fiquei sozinha.

Henriques Garcia

Ele é um grande tolo. Deixou uma donzela sozinha? Olha, você gostaria de me acompanhar até minha fazenda? Eu me sinto tão triste naquela fazenda. Não tenho ninguém para conversar.

Rose

Eu não posso fazer isso. Eu tenho compromisso com meu noivo. Se eu fizesse isso, eu acabaria com minha reputação diante da sociedade.

Henriques Garcia

Entendo. Não vou mentir para você. Eu sou casado, mas minha mulher está na capital. Meu casamento com ela não está andando bem. Juro a você que se você me aceitasse, eu a abandonaria e casaria com você. Eu estou falando sério.

Rose

Senhor, eu tenho princípios. Eu sou uma mulher honrada. Me deixa em paz, está bem?

Henriques Garcia

Entendi. Mas já que você precisa de trabalho, te convido a fazer a limpeza na sede da minha fazenda. Um dinheiro irá ajudá-la, não é?

Rose

Isso é verdade. Aceito sua proposta. Agora tenho que ir atender outro cliente.

Henriques Garcia

Pode ir em paz, querida.

Rose se afasta e o fazendeiro o continua observando. Foi um amor à primeira vista dum jeito que ele não esperava. Mesmo que isso fosse contra as convenções sociais da época, ele faria tudo para realizar seu desejo. Usaria seu poder financeiro a seu favor.

Conselho

Depois que o fazendeiro se afastou, uma colega de trabalho chama Rose para conversar. Parece que essa pessoa tinha percebido a situação.

Andreia

Que fazendeiro lindo né, mulher? E aí? Você vai dar uma chance para ele?

Rose

Você está doida, mulher? Você não sabe que tenho compromisso?

Andreia

Deixe de besteira. Esse homem é muito rico e poderoso. Se você se casar com ele, nunca mais saberá o que é miséria. Você não vai precisar mais trabalhar nesse bar. Pense bem. Essa é sua única chance de mudar sua vida.

Rose

Mas eu amo meu noivo. Como posso trai-lo dessa forma?

Andreia

Amor não mata sua fome. Pense primeiramente em você, na sua segurança financeira. Com o tempo, você vai aprender a gostar do fazendeiro. E o melhor de tudo: terá uma vida com segurança financeira. Eu se fosse você, não pensava duas vezes e aceitava essa proposta.

Rose ficou pensativa. Pensando melhor, sua colega não estava completamente errada. Que futuro teria ao lado dum pobretão? E o pior é que ele estava muito distante. Por outro lado, seus pais eram muito ligados a regras sociais. Não seria nada fácil assumir um amor assim.

Rose

Obrigado pelo conselho. Eu vou pensar em tudo o que você falou.

Andreia

Muito bem, amiga. Tem todo meu apoio.

As duas voltaram ao trabalho. Foi um dia movimentado e cheio de clientes. Ao final do dia, Rose se despede e vai para casa. Ela pensaria em tudo o que acontecera com ela.

Jantar em família

Trabalho na fazenda

Rose chega diante da casa grande da fazenda. Era um prédio imponente, comprido e largo de grande extensão. Nesse momento, uma angústia preenche o seu ser. O que aconteceria? Que intenções seu patrão teria? Ele seria realmente uma boa pessoa? Sua mente fervilhava de pensamentos sem resposta. Reunindo coragem, ela avança em direção a porta, toca a campainha e espera ser atendida.

Empregada

O que deseja, senhora?

Rose

Eu vim fazer um trabalho para o dono da casa. Eu poderia entrar?

Empregada

Claro que sim. Vou acompanhá-la.

As duas entram na casa e vão até a sala principal. Nela, o rico fazendeiro já estava esperando.

Henriques Garcia

Que alegria ver nossa querida Rose! Eu estava esperando ansioso. Como está, minha amada?

Rose

Eu vim trabalhar. Eu estou muito bem. Obrigado por se importar.

Henriques Garcia

Alzira, vá fazer umas compras na cidade e demore bem muito lá. Só volte à noite.

Alzira

Estou indo, patrão. Suas ordens são sempre atendidas.

Rose pegou a vassoura e o pano para limpar a casa. Começou a fazer movimentos frenéticos em sua labuta. Mas logo o fazendeiro se aproximou. Pegou seus utensílios de trabalho e guardou. Rose estremeceu, mas também ansiava por aquele momento. Delicadamente, o seu patrão a pegou no colo e a levou até o quarto. Começou o ritual de amor e ele estava disposto a tirar a virgindade dela. Rose esquece tudo e se entrega aquela paixão. Eles entram numa espécie de transe hipnótico. A única coisa que lhe interessava era o prazer.

Foi um dia de conexão entre os dois e de muito amor. Todos os conceitos anteriores tinham caído. Eles não tinham medo. Eles estavam numa paixão avassaladora.

Henriques Garcia

Eu quero um relacionamento sério com você. Estou disposto a abandonar minha esposa. Hoje em dia, eu e ela somos apenas amigos. Acredite, eu realmente gostei de você.

Rose

Confesso que também me sinto atraída por você. Eu quero muito assumir esse relacionamento. Mas como vamos conseguir? Minha família não aprovaria.

Henriques Garcia

Pode deixar comigo. Eu vou cuidar de todos os tramites. Termine o relacionamento com seu noivo que eu me encarrego do resto.

Rose

Está bem. Amei muito nosso dia. Tenho que ir agora para que as outras pessoas não desconfiem.

Henriques Garcia

Vá em paz, meu amor. Nos veremos em breve. Eu também preciso trabalhar agora.

Os dois se separam com o relacionamento consolidado. O que parecia impossível tinha se tornado realidade. Vamos seguir em frente com a narrativa.

Reunião em família

O fazendeiro estava realmente com intenções sérias em relação ao relacionamento com Rose. A fim de consolidar o relacionamento, ele propôs uma reunião com a família a fim de discutir questões pontuais.

Henriques Garcia

Estou aqui nessa reunião com o objetivo de anunciar meu relacionamento com Rose. Eu quero a permissão de vocês para poder concretizar esse objetivo.

Onofre

Você é um cara casado. Não é agradável aos olhos da sociedade que uma filha honrada se envolva com homem casado.

Rose

Mas nós nos amamos, pai. Eu já terminei meu noivado e ele já se separou de fato da sua esposa. O que mais você quer?

Onofre

Eu quero que você crie vergonha. Quero que você se porte como mulher de respeito. Você merece muito mais, filha. Você é uma jovem de muito valor.

Rose

Eu sou uma grande mulher. Mas estou apaixonada por um homem maravilhoso. Eu realmente amo ele. O que você me diz, mamãe?

Madalena

Me desculpe, minha filha. Mas eu concordo com meu marido. Você tem que preservar sua reputação. Esqueça esse homem e arrume um homem solteiro.

Rose

Eu me sinto triste em ter pais tão tradicionais. Eu não me conformo.

Henriques Garcia

Eu compreendi o ponto de vista de vocês. Mas creio que estão equivocados. Eu ainda vou mostrar para vocês o meu valor. Isso não é o fim. Ainda creio na nossa felicidade, meu amor.

Rose

Eu também acredito. Eu ainda vou convencer vocês de que estão errando.

Onofre

Eu sou irredutível. Pode ir embora, rapaz. Você já tem sua resposta.

Henriques vai embora visivelmente inconformado. Sua tentativa de conciliação havia falhado. O fracasso realmente mexia com ele. Mas era algo para refletir e planejar nova estratégia. Enquanto houvesse vida, havia esperança.

Fuga dos noivos

A situação dos namorados era terrível. Proibidos de se encontrar, eles sofriam demais com a incompreensão da família. Eram dias sombrios e angustiantes. Por que devemos seguir regras tão antiquadas de relacionamento? Por que simplesmente não podemos ser livres e realizar nossos desejos? Esse era o pensamento dos dois mesmo diante de tantos obstáculos.

Foi pensando assim que o fazendeiro resolveu agir. Escreveu uma carta, chorou muito e contratou um carteiro. O empregado foi cumprir o serviço. Em pouco tempo, já estava de frente com a casa de Rose. Ele bate palmas e espera ser atendido. Uma pessoa de dentro da casa aparece.

Carteiro

Oi, jovem. Você se chama Rose? Tenho uma correspondência para você.

Rose

Sim. Muito obrigada.

Pegando a carta, a jovem voltou para dentro de casa onde se trancou no quarto. Com lágrimas nos olhos, ela começa a ler o texto.

Cimbres, 5 dezembro de 1953

Oi, Rose. Estou escrevendo para lhe revelar a minha indignação com sua família por eles terem proibido nosso relacionamento. Eu me sinto muito triste com isso, eu verdadeiramente te amo. Eu queria construir uma família com você. Eu queria tirar você de sua miséria financeira.

Penso que a vida não foi justa conosco. Me pergunto se não teria outra saída para nós. Você gostaria de dar uma segunda chance ao nosso amor? Você teria coragem de assumir isso? Porque se você quiser, eu juro a você que fujo contigo para um lugar longe até que as coisas melhorem de situação. Mas você tem que analisar isso friamente e saber o que é mais importante. Se sua resposta for afirmativa, pode vir aqui na fazenda que está tudo pronto para nossa viagem. Estou te esperando hoje mesmo.

Com carinho, Henriques Garcia

Rose fica estática. Que proposta incrível e corajosa. Nesse momento, um turbilhão de emoções passa em sua mente. É tempo suficiente para ela refletir e tomar uma decisão definitiva. Seus pais tinham saído para trabalhar e aproveitou para escrever a carta explicando sua decisão. Depois, arrumou suas malas com coisas essenciais e partiu. É como o ditado: "Nós somos livres".

Rose aluga uma charrete na saída de casa e treme de ansiedade. Estava sentindo muitas emoções ao mesmo tempo. Não tinha sido uma decisão fácil. Ela abandonava uma relação familiar consolidada para arriscar entrar num relacionamento amoroso. O que teria feito ela decidir isso? Não se sabe ao certo. Mas o fator financeiro aliado ao grande homem educado que aquele fazendeiro eram provavelmente boas razões para ela embarcar nessa aventura audaciosa. Valeria a pena? Só o tempo teria as respostas para essa indagação. No momento, ela só queria aproveitar dessa liberdade para tentar ser feliz.

Com o avanço do veículo, ela já pode tentar enxugar suas lágrimas. Ela teria que ser extremamente forte para aguentar as consequências daquela escolha. Entre essas consequências estavam a crítica da sociedade e a perseguição familiar. Mas quem disse que ela se importava? Se formos pensar na opinião dos outros, nunca teremos autonomia para dirigir nossa própria vida. Nunca escreveremos nossa história com medo. Foi assim que uma certa segurança pessoal lhe tranquilizou bastante.

A charrete chega na fazenda, ela paga ao motorista e desce do veículo. Ao ouvir o barulho lá fora, seu parceiro vem encontrar ela. Realmente estava tudo pronto. Os dois entram em outro veículo e começam a viagem. Rumo a felicidade, se Deus quiser.

A viagem

Começa a viagem na estrada de terra que liga cimbres para a cidade de Rio Branco. O tempo é caloroso, a estrada é deserta e eles estão em alta velocidade. Para trás, ficam toda família, amigos e lembrança. No futuro, é visualizado o relacionamento dos dois até então proibido pela sociedade.

Henriques Garcia

Como se sente, minha amada? Você precisa de alguma coisa?

Rose

Eu me sinto bem. Estar aqui com você me conforta. Já não sou uma criança para sentir tantos remorsos. Repentinamente, está passando uma sequência de imagens na minha mente. Estar aqui é lutar contra a intolerância, é lutar pela minha liberdade e alegria de viver.

Henriques Garcia

Compreendo. Me sinto feliz em fazer parte dessa mudança. Ficaremos um mês em Rio Branco. Depois disso, voltamos para a fazenda. Eles vão ser obrigados a nos aceitar.

Rose

Tomara. Espero que sua estratégia dê certo. Precisávamos ter essa chance. E sua outra família?

Henriques Garcia

Já estou em processo de separação. Repartirei metade dos meus bens com minha antiga esposa. Mas não sou obrigado a permanecer casado com ela. Foram anos de alegria e dedicação ao nosso casamento, mas eu senti que tinha de terminar com nosso sofrimento. Nós estávamos nos desentendendo muito.

Rose

Isso me faz me sentir menos culpada. Eu não quero ser uma destruidora de lares. Eu quero apenas encontrar o meu lugar no mundo e se isso significa estar ao seu lado, se isso for minha felicidade, eu aceito que o universo me proporcionou. Mas em nenhum momento eu quis destruir ninguém.

Henriques Garcia

Não se preocupe. Foi eu que me separei dela por livre espontânea vontade. Ninguém pode nos julgar. Desde que a conheci, eu me encantei com você. A partir dali meu objetivo era você. Eu não mediria esforços para conseguir isso. Por mais que todos sejam contra nosso relacionamento, ninguém pode impedir. Estava escrito em nossos destinos esse encontro, maktub!

Rose

Sou grata ao universo por isso. Quero chegar logo em Rio Branco. Quero conhecer melhor você. Nenhum dos outros me importa. Somos só nós dois no universo, duas criaturas que se completam e que se amam. Nosso amor é suficiente para atingirmos o nirvana. Essa magia do amor que nos rodeia é responsável por isso.

Henriques Garcia

Assim seja, querida. Te amo verdadeiramente.

Eles continuam avançando sozinhos naquela estrada empoeirada. O que o destino preparava para os dois? Nenhum deles sabia. Eles apenas se entregavam a uma energia poderosa que os guiava em meio a escuridão. Nenhum mal temeria pois o amor era a força mais poderosa que existe. Tudo valeria a pena só pelo fato de um querer o outro. Eles tinham que aproveitar a vida da melhor forma possível e não seriam regras ditadas por uma sociedade que impediriam deles satisfazerem suas verdades. Eles tinham suas próprias regras e sua liberdade individual era maior do que qualquer coisa.

Conscientes disso, vão avançando naquelas estradas maravilhosas do interior de Pernambuco. Havia pedras, espinhos, elementos culturais, homem do campo, fauna, flora e uma grande poeira. Esse cenário era um dos mais genuínos do mundo. O futuro os esperava de braços abertos.

Um mês na cidade de Rio Branco

Começou a noite de núpcias do casal numa fazenda localizada ao redor da cidade de Rio Branco. Era o momento mais esperado de intimidade do casal. Eles se entregaram ao amor completamente, numa dança de corpos e mentes. Durante o ato sexual, entraram em transe e viajaram para mundos nunca dantes vistos. Essa é a magia do amor, capaz de superar as fronteiras da imaginação.

Findo o ato sexual, é um momento de tranquilidade e êxtase.

Rose

Foi a melhor coisa que aconteceu em minha vida. Nunca pensei que perder a virgindade era algo tão fantástico. Vejo agora que fui tola em perder tanto tempo esperando por isso.

Henriques Garcia

Pois é, querida. Eu também esperei isso por muito tempo. Vejo que eu estava certo. Você é a mulher mais interessante que conheci. Quero você para minha vida inteira.

Rose

Vamos ter nossos filhos?

Henriques Garcia

Quero ter muitos filhos com você e acompanhá-los durante sua trajetória. Te prometo que vamos ser felizes mesmo lutando contra todos.

Rose

Você me tranquiliza bastante. Eu estou pronta para assumir esse compromisso. Aos poucos, vou entrando no ritmo da situação.

Henriques Garcia

Muito obrigado. Eu me sinto muito feliz. Preciso ir agora trabalhar na fazenda. Cuide das tarefas domésticas. Eu volto logo.

Rose

Pode deixar comigo.

Os dois se despedem com cada um indo cumprir suas obrigações. Enquanto se empenhava no seu trabalho, Rose pensava em tudo relacionado a sua vida. Para poder mudar sua trajetória, bastou apenas uma pequena decisão que provocou grandes transformações. Ela tinha pensado apenas em si mesma a detrimento da vontade de sua família. Porque se formos pensarmos na opinião dos outros, nunca seremos verdadeiramente felizes.

O fazendeiro volta e eles se reencontram na cozinha.

Rose

Como foi seu dia de trabalho?

Henriques Garcia

Foram muitos compromissos profissionais. Eu estou muito cansado. O que preparou para o jantar?

Rose

Fiz sopa de legumes. Está gostando?

Henriques Garcia

Eu estou amando. Você tem um belo talento para culinária. Agora é sua vez. Como você passou o dia em casa?

Rose

Cuidei de cada detalhe da limpeza, da comida e da organização dos empregados. Eu sou uma pessoa muito perfeccionista. Nossos servos me elogiaram. Eu criei uma boa impressão neles.

Henriques Garcia

Maravilha, meu amor. Eu sabia que tinha encontrado a pessoa certa. Você é uma boa esposa e empregada. Agora quero me divertir mais. Vamos para o quarto?

Rose

Sim. Eu estava esperando esse momento. Quero aprender mais sobre a magia do amor.

Os dois se retiraram da cozinha e foram para cama juntos. Começou aí uma nova noite de núpcias. Eles eram noivos recentemente e precisavam aproveitar esses primeiros momentos intensamente. Enquanto isso, parece que o mundo desabava.

Reação da família de Rose

Depois de ler a carta da filha, a família de Rose ficou consternada. Como era possível essa traição tão perversa? Com essa atitude, ela simplesmente jogara fora anos de reputação e respeito da família diante da sociedade. Tentando impedir que isso resultasse em algo mais sério, Onofre (pai de Rose), preparou sua mala, subiu no cavalo e foi atrás de sua filha.

Segundo informações colhidas por um amigo, Rose estaria morando numa fazenda em Rio Branco. Então ele partiu. Pegando a estrada de terra, ele foi em busca de seu objetivo. Em sua mente perturbada, se passavam coisas muitos ruins. Seu desejo era de vingança, crueldade e muita raiva.

Ele estava inconformado. Desde cedo, ele tinha se esforçado para trabalhar para dar o que fosse melhor para filha. Ensinara os melhores preceitos e regras a serem seguidas por uma boa moça. No entanto, parecia que ela tinha jogado tudo fora. Será que ela fez isso pelo dinheiro? Isso seria uma atitude imperdoável e mesquinha. Uma afronta a dignidade da família.

Sem ter certeza disso, ele avança naquela estrada de terra. Diante do cenário nordestino, ele revive sensações estranhas que o incomodavam. Será que a filha herdara seu espírito independente e ousado? Ele relembra seu passado com suas paixões que vivera. Ele realmente tinha aproveitado a vida, mas perdera o amor de sua vida por contas de regras de sociedade. Se ele era feliz? De uma certa forma, ele se sentia feliz. Mas não era uma felicidade plena. Perdera seu amor verdadeiro e isso deixava cicatrizes em seu coração sertanejo. Nunca mais tinha sido o mesmo.

Avançando mais, estava pronto para confrontar o homem que roubara sua filha. Ele permanecia calmo e precavido. Mas a realidade é que estava revoltado. Ele se sentia traído por aquele casal. Era uma sensação de frustração, vergonha e desobediência. Era preciso fazer um confronto de ideias.

Sabendo disso, um pouco de tempo depois, ele já se aproxima da fazenda. Na entrada da propriedade, ele se identifica e o fazendeiro se propõe a recebê-lo. O casal e o visitante se reúnem na sala da casa grande.

Onofre

Eu estou transtornado. Vocês fugiram como se fosse bandidos. Vocês criaram uma situação muito delicada para nós todos. Que loucura foi essa? Por que fizeram isso?

Henriques Garcia

Essa foi a única saída. Você agiu como se fosse proprietário de sua filha. Mas não é bem assim. Os filhos têm direito de decidir suas próprias vidas. Eu fui a escolha de sua filha e nós nos amamos. Nós vamos construir uma família de qualquer forma. Não precisamos de sua aprovação para isso. Isso é uma coisa que quero deixar claro.

Rose

Eu me senti muito mal em fugir. Mas eu não sou sua prisioneira, papai. Eu tenho o espírito livre. Eu só queria tentar algo diferente na minha vida. Eu realmente gostei da vida que meu marido pode me proporcionar. Estou farta da vida que eu levava. Não só em relação à questão financeira, mas também a questão da minha própria independência. Com ele, me sinto segura.

Onofre

Eu compreendo. Mas o que temia aconteceu. Você é a chacota da sociedade. Todos nos criticam por sermos destruidores de lares. Esse homem, ele tinha esposa e filhos. Não é uma situação fácil.

Henriques Garcia

Todos nós temos o direito de errar, senhor. Eu errei na escolha do meu primeiro casamento e vivia infeliz. Quando conheci sua filha, eu me apaixonei. Eu não tive dúvidas. Eu quis recomeçar a minha vida. Acho que ninguém pode julgar nós dois.

Rose

Nunca pensei que seria fácil. Mas eu não posso viver em função da opinião dos outros. Eu estou bem feliz ao lado do meu esposo. Nós dois nos completamos. Nós já somos marido e mulher.

Onofre

Quer dizer que vocês já fizeram sexo? Então já é um caminho sem volta. Se o mal está feito, então só resta assumir isso. Você vai se casar com minha filha?

Henriques Garcia

Sim, eu planejo fazer isso brevemente. Nós já temos uma relação de casamento. Só falta oficializar isso. O que me diz? Que tal fazermos as pazes?

Rose

Seria muito importante para mim ter sua aprovação, papai. Eu não queria estar em conflito com minha própria família. Se você nos aceitar, minha felicidade seria completa.

Onofre

Eu não tenho escolha. Vocês podem voltar para Cimbres. Eu vou abençoar esse casamento. Mas tenho uma exigência. Se você fizer sofrer minha família, pode ter certeza de que você não terá um final feliz.

Henriques Garcia

Eu nunca faria mal nenhum a pessoa que eu amo. Prometo honrá-la para o resto da minha vida.

Rose

Muito obrigado, papai. Nós voltaremos para nossa terra natal. Quero que meus filhos cresçam ao seu lado. Eu te amo!

Os três se levantaram e se abraçaram. Ainda bem que a reunião tinha sido um sucesso. Agora, era só seguir sua vida e enfrentar os obstáculos que aparecessem.

Voltando para Cimbres

Com o problema do relacionamento resolvido, o casal voltou para fazenda em Cimbres. Dessa maneira, um novo ciclo de vida começou para todos eles. Felizes, eles reuniram a família para comemorar essa união.

Madalena

Eu não esperava reconhecer isso, mas vocês formam um casal lindo. Vocês têm uma sintonia maravilhosa que dá muito prazer. Estão de parabéns, meus amores.

Rose

Muito obrigada, mamãe. Eu fico muito feliz e encantada com isso. Ter seu apoio é tudo o que eu queria. Você está completamente certa. Eu sou muito feliz ao lado do meu marido.

Henriques Garcia

Eu agradeço muito essa sua observação, sogra. Que bom que você percebeu que nós temos um verdadeiro amor entre nós.

Onofre

Eu confirmo as palavras da minha esposa. Eu peço desculpas pelos nossos desentendimentos. Você é realmente um bom homem. Quando é que sai esse casamento?

Henriques Garcia

Quero me casar no final desse ano. Faremos uma grande festa. Todo mundo deve comparecer. Será um dia inesquecível para todos, o dia da concretização de nossa união.

Rose

Eu irei preparar tudo. Eu amo organizar festas. Vai ser o dia mais feliz da minha vida.

Todos aplaudem e brindam com cerveja. A vida realmente é uma grande roda gigante. Nada é definitivo. Num instante, tudo pode se transformar em sua vida. O que está ruim hoje pode se transformar em bonança no futuro. Por isso, não lamentemos os nossos erros. Eles servem como aprendizado e para elaboração de novas estratégias. O importante é não desistir de nossos sonhos. Os sonhos nos guiam em nossa caminhada na terra. Vale a pena viver cada um desses momentos com alegria, disposição, fé e esperança. Sempre há uma chance de vitória e sucesso. Creia nisso.

A tentativa de reconciliação do antigo noivo

Peter estava trabalhando em São Paulo e soube através de carta da traição da noiva. Ele ficou triste, angustiado e revoltado. Como ela poderia jogar fora um amor tão lindo que existia entre os dois? Tudo isso porque seu oponente era um fazendeiro rico? Isso não iria levar ela a lugar nenhum. Ele tinha ciência do seu valor como ser humano e de sua garra para vencer. Pena que ela não valorizou isso.

Mas ainda ele não tinha desistido. Ele iria fazer uma última tentativa de aproximação. Com isso, ele pegou o ônibus e começou a fazer a viagem de volta ao nordeste brasileiro.

Chegando ao local, ele se dirige a fazenda. Ele se anuncia e é recebido por sua antiga namorada. Eles se acomodam no sofá da sala.

Rose

Ainda bem que meu esposo não está. O que veio fazer aqui? Você está louco?

Peter

Eu não me conformo, Rose. Eu sinto muito sua falta. Por que você me traiu dessa forma? Não era você que dizia que me amava?

Rose

Entenda, querido. Você se afastou da minha vida. Eu não tinha obrigação de esperá-lo. Eu pensei de forma prática. Eu vi uma oportunidade melhor para mim.

Peter

Eu me afastei para arrumar dinheiro para nosso casamento. Nós combinamos isso. Quando eu soube que você tinha arrumado um companheiro, eu fiquei estarrecido. Você me decepcionou totalmente.

Rose

Lamento seu sofrimento. Mas você é muito jovem. Desejo que encontre uma outra mulher desimpedida. Peço que me esqueça para sempre e sejamos apenas amigos.

Peter

Você nunca será minha amiga. Você sempre será meu amor. Se um dia você reconsiderar sua decisão, me procure.

Rose

Está bem. Nós não sabemos como será nosso destino. Vamos colocar isso nas mãos de Deus. Tudo de bom para você. Fique em paz.

Peter

Que Deus te abençoe e te proteja. Eu vou voltar para trabalhar em São Paulo e cuidar de minha vida.

Assim ocorreu. Peter voltou para a cidade de São Paulo. Era necessário esquecer o sofrimento e seguir com sua vida em frente. Havia muitas coisas boas para se aproveitar da vida.

A comemoração do casamento

Chegou o dia tão esperado. Numa reunião de familiares envolvido em dança, festa e música, eles comemoravam a união de nosso casal preferido. Era uma grande celebração. Chega o momento de os noivos falarem.

Henriques Garcia

Esse é um momento crucial de nossa história. Um momento de união, harmonia, determinação e felicidade. São nossas vidas se unindo. Eu prometo, diante de todos, que vou cumprir meu papel de esposo dignamente. Eu me esforçarei para ser o melhor marido do mundo. Nós vamos crescer juntos e formar nossa família. Para isso, eu preciso do apoio e compreensão da família. Entendo que um relacionamento é complicado. Vai haver momentos de briga, insatisfação e momentos de felicidade. Mas vamos enfrentar tudo isso juntos até o final. O que acha, meu amor?

Rose

Eu sou a mulher mais feliz do mundo. Eu conquistei aquilo que desejava. Que venham nossos filhos e netos para coroar essa relação. Daqui para frente, eu terei condições de viver uma vida plena. Isso não quer dizer que será tudo perfeito, mas podemos superar os obstáculos que surgirem. Eu sou uma grande guerreira desde jovem. Eu nunca me deixei vencer pelas contrariedades da vida. O mais importante foi que eu sempre tive fé em mim mesma. Eu estou muito realizada.

Todos batem palmas e a festa continua. Foi um dia longo cheio de comemorações entre familiares. No final da noite, todos se despedem e o casal aproveita a noite de núpcias na fazenda. Era o começo de uma nova história.

O nascimento do primeiro filho

Passou-se um ano de casamento. Rose ficou grávida e passado nove meses chegou o tão esperado dia do nascimento de sua filha. O casal pegou o carro e deslocou-se até o hospital da cidade. Lá, o médico começou a fazer o parto. Durante 2 horas, a mulher chorou e gemeu até que seu filho nasceu. O pai entrou na sala de parto e abraçou seu filho. A mãe também começou a derramar lágrimas, aborrecida.

Henriques Garcia

Eu estou muito feliz. Minha filha é linda e graciosa. Obrigado, meu amor. Você me faz o homem mais feliz do mundo.

Rose

Eu também sou a mulher mais feliz do mundo ao seu lado. Isso é começo de nossa trajetória familiar. Eu vejo que estamos caminhando num bom caminho e que apesar de todas as dificuldades, estamos nos superando gradativamente. O sucesso nos espera, meu querido.

Henriques Garcia

Vamos para casa. Nossos familiares estão ansiosos.

O casal saiu da sala de parto, atravessou o saguão principal, atingiu a área externa e entrou no carro. Começa aí a viagem de volta. Eles atravessam a cidade toda no sentido sul e começam a percorrer a estrada da terra. Havia pouco movimento, o sol era forte, pássaros voavam do lado de fora do carro. Noutro momento, o sol some e começa a cair uma chuva fina. O ambiente rural era perfeito para reflexões e emoções.

Eles avançam na estrada embalados pelos próprios pensamentos, dúvidas e inquietações. Eles vão percorrendo as curvas sinuosas da montanha sagrada. Uma montanha convidativa, sinuosa e perigosa. Eram emoções jorrando a todo momento. Isso era ótimo de experimentar.

Ao chegar em casa, recebem os parentes e iniciam uma comemoração. Numa festa regada a cerveja, música e dança, eles aproveitam o dia inteiro. Era uma grande felicidade compartilhada ao lado de amigos. Assim passam momentos maravilhosos e excitantes. Mas a trajetória deles estava apenas começando.

O estabelecimento do primeiro comércio

Depois do nascimento do filho e com a chegada de novas despesas, o casal começou a elaborar um plano para resolver a situação e chegaram num acordo.

Henriques Garcia

Vou abrir um mercado para você, minha mulher. Vou colocar seu irmão para ser gerente do local. Ele é um homem muito inteligente.

Rose

Que maravilha, meu amor.

Nisso, o irmão de Rose chegou na casa e ouviu a conversa.

Roney

Eu não sei como agradecer ao senhor. Eu realmente estava precisando duma ocupação. Eu também tenho muitas despesas com minha família.

Henriques Garcia

Além dessa oportunidade, você também pode criar bois e colocar no meu terreno. Não precisará pagar arrendamento. Dessa forma, você poderá ganhar dinheiro mais rápido.

Roney

Meu Deus, que maravilha. Muito obrigado, cunhado. Eu não vou te decepcionar. Pode contar comigo sempre.

Henriques Garcia

Sei disso. Você é um homem de confiança. Vou te apoiar sempre.

Rose

Isso foi uma ótima ideia. Que bom que deu tudo certo. A união de nossa família é fantástica. Estou muito feliz, meu amor. Vamos crescer juntos.

Com tudo certo, iniciaram os preparativos para implantação da empresa. Tudo tinha que estar perfeito para que o negócio fosse um sucesso.

Inauguração do mercado

Chegou o dia esperado da inauguração. Uma grande multidão compareceu para a festa. Numa noite envolvendo dança, bebida, música e muitos namoros, eles inauguraram seu empreendimento. Era a realização de um sonho para todas as pessoas presentes.

O mercado tinha uma grande variedade de produtos alimentícios e seria pioneiro na região. Isso evitaria deslocamentos desnecessários para cidade.

Era mais um obstáculo superado na vida daquele casal iniciante. Que venham novas conquistas.

Prosperidade

Alguns meses se passaram. O comércio e o rebanho de bois prosperaram o que gerou bastante segurança financeira para aquela família. Em relação á felicidade, estavam com muita harmonia e paz em casa.

Tinha sido uma ótima reviravolta em suas vidas. Eles tinham acreditado em seu projeto familiar, enfrentaram os contratempos e com coragem assumiram sua identidade. Tudo isso gerou resultados concretos.

Na nova fase que se iniciava, eles estavam planejando voos mais altos. Estavam unidos em prol da concretização da família ideal. Eles desejavam um ambiente de paz, recolhimento e felicidade ideais. Por isso, estavam trabalhando tanto.

A família

Os anos se passaram e a família vinha crescendo com nascimento de novos filhos. No lado financeiro, tinham cada vez mais prosperidade. Dessa forma, a relação familiar foi sendo estabelecida. Isso contradizia todos os prognósticos de relacionamento das outras pessoas.

Por isso, precisamos sempre de tomar o comando de nossas vidas. Precisamos nos libertar da influência dos outros e nos tornar autores de nossa trajetória. Só assim teremos chance de sermos felizes. É preciso fé, resiliência, vontade e liberdade.

Nosso verdadeiro destino é ser feliz. Mas para concretizar isso precisamos agir mais e esperar menos. Foi isso que esse casal aprendeu ao longo da vida.

Período de dez anos

O fazendeiro auxiliou financeiramente a família da noiva. Todos os parentes dela cresceram em todos os sentidos. Isso trouxe para todos mais harmonia e felicidade. Era uma união perfeita e feliz. Depois dos dez anos, o fazendeiro sofreu de uma grave doença. Apesar dos esforços de todos, ele não conseguiu se recuperar e faleceu.

Foi uma grande dor para todos os parentes. O processo de luto foi iniciado e durou muito tempo. Foram períodos tenebrosos e angustiantes.

Depois que passou essa grande dor, novos planejamentos foram feitos. Era preciso retomar a vida de uma forma ou de outra.

Reencontro

Após a morte do fazendeiro, o antigo noivo voltou para Pernambuco. Ele foi ter uma reunião com viúva.

Peter

Estou pronto para perdoá-la. Agora que você está viúva, quero reatar o relacionamento com você. Eu não tenho mais mágoas.

Rose

Eu tive vários filhos com meu marido. E você também se casou. Será que ainda dá para recuperar nosso amor?

Peter

Eu lhe garanto que vai dar certo. Ainda podemos ser felizes. A situação agora é totalmente outra. Nossos caminhos se uniram novamente. Basta seguir em frente e ser feliz.

Rose

Eu aceito. Quero ser feliz com você. Vamos construir uma história linda. Essa é a nossa chance.

O casal se abraçou e se beijou. A partir daí, tiveram mais filhos e construíram um relacionamento ideal. Era a concretização dum sonho antigo. Finalmente, a história teve um final feliz.

Reconhecer seu papel diante da sociedade

Não sabemos de onde viemos nem para onde vamos. Isso é algo que nos persegue a vida inteira. Ao nascermos e nos darmos conta do meio social em que vivemos, nós temos uma leve impressão do que podemos ser na vida. Mas é uma mera suposição. Essas indagações interiores nos levam a uma busca desenfreada para saber quem somos e o que podemos ser. É aí que entra o treinamento da vida em si que nos dirige ao ponto certo.

Nessa estrada da vida, somos guiados por sinais. Reconhecer e intuir isso não é nada fácil porque temos duas forças em conflito no nosso ser: bem e mal. Enquanto o bem nos encaminhada para o lado certo, o mal tenta nos destruir e nos tirar do verdadeiro destino escrito por Deus. Livrar-se dessa ação de pensamentos negativos é uma habilidade que poucos tem.

Nesse momento, surgem os mestres espirituais nas nossas vidas. Precisamos ter o espírito preparado para seguir seus conselhos e ter sucesso na vida. Mas se te colocares como espírito rebelde, nada conseguirá. Isso se chama lei do retorno ou lei da colheita. Seja sábio e escolha o caminho certo.

Vamos ao meu exemplo. Meu nome é aldivan, conhecido como vidente, filho de Deus ou Divine. Nasci numa família pobre de agricultores, com situação financeira escassa. Tive uma infância maravilhosa apesar das dificuldades financeiras. Essa fase de infância é a melhor de nossas vidas. Eu tenho boas recordações da minha infância e juventude.

Ao chegar na fase adulta, começam as cobranças da família e da sociedade. É uma fase exaustiva e deprimente. Precisamos ter o controle emocional para superar cada obstáculo que aparece. Nesse caminho, minha busca por estabilidade financeira foi meu foco. Infelizmente, a questão emocional e amorosa ficou como última opção. Entretanto, creio ter feito a escolha certa. Essa questão afetiva é muito complicada atualmente. Vivemos um mundo cruel e cheio de desamor. Vivemos ao lado de pessoas egoístas e materialistas. Vivemos ao lado de pessoas que só querem levar vantagem em detrimento dos valores morais. Por tudo isso que citei, creio que minha escolha pelo lado profissional foi a escolha mais acertada.

Iniciei a faculdade e comecei a trabalhar no serviço público. Foi um grande desafio pessoal para mim. Conciliar atividades distintas em paralelo com a atividade artística não é fácil para ninguém. Foi um período de descobertas e aprendizados importantes que somaram na construção do meu caráter. Os bons momentos me levaram a lampejos de felicidade e harmonia. Os maus momentos me trouxeram dores muito fortes que me fizeram ser um homem mais preparado para enfrentar situações cotidianas da vida.

Toda a minha trajetória me ensinou que nossos sonhos são as coisas mais importantes da nossa vida. É pelos meus sonhos que continuei vivendo e insistindo no meu sucesso. Por isso nunca desista daquilo que você quer. Uma vida vazia é um fardo extremamente terrível de carregar. Logo, se fracassar, repense seu planejamento e tente outra vez. Sempre haverá uma nova chance ou um novo direcionamento. Acredite em suas potencialidades e siga em frente.

A busca pelos sonhos

Eu vivi na infância uma situação totalmente desprivilegiada. Nascido numa família de agricultores cuja única renda era um salário-mínimo nos padrões brasileiros, enfrentei grandes dificuldades financeiras na infância. Essa falta de recursos me fez querer lutar pelos meus projetos desde cedo. Eu abdiquei da minha infância para poder me preparar para o mercado de trabalho. Meu único objetivo era conquistar minha independência financeira o que não é nada fácil.

Eu abandonei todo tipo de lazer para me dedicar aos meus projetos. Isso foi uma escolha pessoal frente a minha questão pessoal. Mas toda escolha tem sua consequência. Eu não consegui encontrar um amor verdadeiro por ter me dedicado tanto ao lado profissional. Isso foi uma grande consequência dos meus atos. Eu não me arrependo disso. Amor verdadeiro entre casal é cada vez mais raro.

Foi uma trajetória longa de esforços nos estudos e no trabalho. Eu me orgulho da minha trajetória pessoal e incentivo os jovens a lutarem pelos seus sonhos. É preciso ter bastante foco em qualquer coisa que você se dedicar. Ainda assim, devemos ser sempre racionais no planejamento de vida. Eu afirmo que pelo aspecto financeiro, o concurso público é a melhor escolha. O concurso na área pública tem estabilidade, o que é fundamental para um planejamento financeiro.

Com um bom planejamento financeiro, somos capazes de ter uma visão melhor da vida. Os outros aspectos da vida também são complementos para alegrar nossa vida. Em suma, o que devemos fazer para ter sucesso é fazer o bem. Somos plenamente capazes de sermos abençoados pelas nossas ações.

Vivências da infância

Nasci e cresci numa pequena vila do nordeste brasileiro. Oriundo de família humilde, minha infância foi sofrida, mas bem aproveitada. Eu jogava bola e soltava pião com os garotos, tomava banho de rio, subia as árvores frutíferas e comia seus frutos, estudava na escola e alcançava um bom desempenho, eu participava de festas e eventos sociais, eu tinha uma vida totalmente feliz e sem responsabilidades.

A questão da situação financeira desprivilegiada me sufocava, mas não me impedia de ter momentos felizes ao lado da família, parentes, amigos e vizinhos. Eram tempos bons que não voltam mais. Ao me recordar disso, sinto minha energia vibrante ecoando por todo meu ser.

A vivência da infância foi o combustível que eu precisava para alimentar minhas esperanças de ser feliz e bem-sucedido. Minha situação familiar não era nada fácil: Uma família tradicional, totalmente aversa a minha sexualidade e rígida a ponto de eu não tomar decisões. Quando meu pai era vivo, ele que comandava a família. Depois da morte dos meus pais, meu irmão mais velho, o quinto na linha de hereditariedade, não permitia que ninguém tivesse opinião sobre a herança de meu pai. Ele que dominava todas as situações. Ele era um homem mandante implacável.

Então eu vivo atualmente na casa que herdei dos meus pais, mas sem qualquer poder de decisão sobre qualquer coisa. Eu me sujeito a essa situação para não ter que morar fora e ficar sozinho. Eu não suporto a solidão em nenhuma das suas formas. Eu tenho medo do futuro e peço a Deus para não ficar sozinho na minha velhice.

Ninguém respeita minha sexualidade

O Brasil é um país terrível para o grupo LGBTI. Eu me assumi como LGBTI e não canso de ter provocações e piadas em qualquer lugar que vou. São provocações dentro da família, na comunidade em que vivo, quando eu viajo, na escola, no trabalho. Enfim, não sou respeitado em lugar nenhum.

As pessoas deviam entender que a sexualidade não define nosso caráter. Eu sou um bom cidadão, eu trabalho, pago minhas dívidas, cumpro meus deveres de cidadão e, mesmo assim, ninguém me dá direito a nada. É como se eu fosse invisível e um estorvo na sociedade.

Eu lamento que existam tantas pessoas atrasadas mentalmente. Eu lamento que existam tantas pessoas que maltratam e matam os gays. É realmente muito triste não ter um refúgio. A única pessoa que me apoia é Jesus Cristo. Ele está comigo em todos os momentos e nunca me abandonou.

O grande erro que cometi em minha vida amorosa

Eu conheci um homem no primeiro dia no meu novo trabalho. Ele é um homem muito bonito e se mostrou de forma educada e gentil para mim. Eu fiquei encantado com ele. Imediatamente, tivemos uma grande afinidade e nós dávamos muito bem. Através de amigos, soube que ele tinha um compromisso com uma mulher. Mesmo assim, isso não me impediu de eu amar ele de uma forma que eu nunca amei outro homem. Esse foi um grande erro que me custou muito caro. Eu explico a seguir.

Depois de um ano, finalmente decidi investir no relacionamento com esse homem. Eu me declarei numa data muito importante para nós dois. O que era um sentimento tão lindo e encantado se tornou num grande desastre. Ele foi muito rude comigo e me rejeitou. Ele me destruiu completamente e com isso nos afastamos para nunca mais se unir novamente.

Eu não o culpo. A grande culpa foi minha de ter investido minhas esperanças num homem que tinha compromisso com outra pessoa. Mas essa foi a prova que eu realmente queria. Eu queria ver se ele sentia algo parecido por mim. Quando ele escolheu a mulher dele, isso demonstrou que ele amava mais a mulher do que a mim. Isso é algo que não procuro. Eu nunca seria uma segunda opção para um homem. Eu quero e mereço sempre ser o primeiro lugar num relacionamento. Menos que isso, não aceito. Eu me sinto muito bem sozinho.

Depois desse trágico acontecimento, ainda gostei desse homem por oito anos seguidos. Nesse momento, o sentimento que tenho por ele está adormecido. Parece que a distância me ajudou no processo de esquecimento. Eu me sinto bem mentalmente e espero nunca mais cair numa armadilha dessas. É melhor ter saúde mental e ficar solteiro.

A grande decepção que tive com colegas de trabalho

No meu novo trabalho e em tantos outros que tive, eu me enganei muito com as pessoas. Em todas essas situações, eu tentei uma aproximação amigável com colegas de trabalho. Eu queria ser amigo deles, mas eu me arrependo muito disso. Eu tive grandes decepções nesse sentido que me fizeram concluir que ninguém tem amigos no trabalho.

Eu me sinto frustrado em não ter nenhum amigo em qualquer lugar que eu vá. Eu acho que grande parte do problema reside no preconceito das pessoas. Por eu ser homossexual, os homens evitam ter alguma aproximação comigo. Com relação as mulheres, elas ficam com medo de eu tomar o marido delas. Então de todas as maneiras, eu me sinto isolado.

O mundo é um grande desafio para quem faz parte duma minoria rejeitada. Precisamos conviver com pessoas diferentes e intolerantes com nossas peculiaridades. Não é um processo fácil enfrentar a sociedade tão atrasada. Eu não tenho apoio de ninguém. Nem mesmo no meu grupo de sexualidade, eu me sinto com apoio. Existem outros preconceitos na comunidade gay que me isolam ainda mais. Foi por isso que depois de

14 anos procurando um amor, desisti completamente. Eu hoje em dia sou uma pessoa solteira e feliz. Eu me sinto iluminado e abençoado por Deus em tudo que faço.

As grandes previsões para minha vida

Eu sou um homem muito feliz. Eu tenho minha saúde em perfeito estado devido a uma grande readequação alimentar que faço, eu tenho muitos parentes que me visitam de vez em quando, eu tenho meu emprego que me sustenta financeiramente, Eu tenho minhas atividades artísticas como meu apoio psicológico e eu tenho um grande Deus que nunca me abandonou.

Eu atravessei umas grandes séries de dificuldades desde jovem e isso me fez me tornar o homem que sou hoje. Eu sou uma pessoa muito forte mentalmente, tenho fé na espiritualidade, acredito no meu bom destino e creio que meus sonhos vão se realizar mesmo que demorem. Essa busca pelos sonhos é que me mantem vivo. Eu sou escritor, compositor, cineasta, roteirista, tradutor entre outras atividades artísticas.

De uma certa forma, eu já realizei muito sonhos que eu tinha. Para quem nasceu em condições muito desfavoráveis, é uma grande conquista. Eu nasci com absolutamente nada e hoje tenho uma carreira estável. Tudo graças ao meu esforço pessoal. Eu sou uma pessoa muito guerreira e focada. Eu me sinto orgulhoso de mim mesmo em todos os sentidos. Então a previsão que faço para minha vida é que serei completamente bem-sucedido porque eu me esforço para isso.

O santo que era Filho de farmacêutico

Farmácia

Civitavechia- Itália

1 de janeiro de 1745

A equipe de trabalho estava toda reunida em comemoração particular do filho do chefe.

Chefe

Estamos reunidos aqui com minha segunda família para comemorar a chegada do meu filho ao seio da minha família. É um dia de alegria e um dia de continuidade duma geração. Deixarei meus bens e meu caráter como um exemplo. Conto com sua ajuda, minha amada Eloísa, para que possamos criar esse filho juntas.

Eloísa

Estou emocionada, meu amor. Hoje é um dia gratificante para mim. Início dum ciclo festivo. Prometo me esforçar parar ser a melhor mãe possível para nosso filho.

Representante dos empregados

Em nome de todos os empregados, parabenizamos o casal e desejamos saúde, sucesso, prosperidade e paciência para criar o filho. Não é tarefa fácil cuidar de filhos hoje em dia. Estaremos a disposição para apoiá-los no que for necessário.

Chefe

Obrigado a todos!

A festa foi iniciada. Tinha muita comida, dança, banda musical e muita alegria. Foram três dias de festas seguidas o que deixou todos muito cansados. Acontecimentos importantes tinham que ser comemorados e eles mereciam um descanso pois trabalhavam muito.

Primeiros anos

O menino Vicente Maria Strambi mostrava-se alegre, divertido e muito obediente aos pais. Devido à alta condição financeira da família, tinha muitas possibilidades à disposição: Tinha professora particular, aulas de natação, praticava esportes com os amigos, viajava bastante e tinha seus momentos de solidão. Ele estudava bastante a bíblia o que revelou sua inclinação católica desde o início de sua infância e juventude.

Certo dia, finalmente aconteceu um momento especial em família.

Chefe

Já está tudo organizado para sua viajem, meu filho. Como percebemos seu interesse pela religião católica, eu e sua mãe decidimos enviar você para estudar no seminário. Lá, você terá a oportunidade de ter um melhor desenvolvimento psicológico, religioso e emocional.

Eloísa

Creio que seja uma boa ideia. Caso não der certo, você poderá voltar. As portas da minha casa sempre estarão abertas para você, meu filho.

Vicente

Eu dei disso, mamãe. Agradeço a vocês dois. Já estou de malas prontas e com muitas expectativas. Prometo me dedicar aos estudos. Eu ainda vou ser um grande homem.

Eloísa

Você já é nosso orgulho, filho. Vamos te dar todo o apoio necessário. Conte conosco sempre.

Vicente

Obrigado. Vejo vocês nas férias.

Depois dum longo abraço e beijo, finalmente se separaram. O motorista acompanhou o menino até o carro e passou-se poucos instantes até sumirem em definitivo. Era o começo duma nova jornada para aquele pequeno garoto.

A viagem

O início da caminhada começou monótono. Apenas o vento frio e pequenas gotículas batiam no retrovisor e respingavam dentro do carro deixando o garoto alerta. Eram muitas emoções contidas ao mesmo tempo. Dum lado, o medo do desconhecido e do outro, a ansiedade e o nervosismo que o consumia. Isso é comum a muitas pessoas em situações novas que se apresentam em nossas vidas. Não era nada fácil abandonar uma vida de comodidades e proteção dos pais ainda mais que Vicente era apenas uma criança.

A situação reflexiva só foi quebrada devido à queda no chão dum maço de cigarros. O menino se abaixou, pegou os cigarros e devolveu ao motorista. Ele faz uma expressão agradecida.

Motorista

Você salvou minha vida, garoto. Esse pacote de cigarros é o que me salva da depressão.

Vicente

Você sabia que cigarros é um mau hábito e isso pode ser prejudicial à sua saúde? O que aconteceu em sua vida para você recorrer ao cigarro?

Motorista

Foram muitas coisas. Não quero preocupá-los com meus problemas.

Vicente

Tranquilo. Mas eu poderia ser um bom amigo e conselheiro para você. O que te aflige?

Motorista

Eu, Lindsey e Rian formávamos uma bela família. Eu trabalhava numa metalúrgica, minha mulher era professora e meu filho ficava aos cuidados duma empregada. Éramos uma família unida, estável e feliz. Até que cometi um erro no trabalho e fui demitido. Depois disso, meu chão desabou. Eu tive que ficar cuidando do meu filho e por mais que me esforçasse não agradava minha esposa. As brigas começaram, nossa união se dissolveu e tivemos que separar. Ela e meu filho ficaram com minha casa e eu tive que mudar para um apartamento. Virei motorista autônomo para poder pagar minhas contas. Passei momentos angustiantes de solidão e isso me fez criar o hábito do cigarro. Desde então, não parei com esse vício maldito.

Vicente

Realmente é uma história triste. Mas acho que você não deve se abalar. Se sua esposa não compreendeu sua fraqueza, então ela não te amava suficientemente. Você se livrou dum relacionamento falso. Creio que a única perda foi seu filho. Mas creio que você poderá visitá-lo e assim mitigar essa saudade. Siga em frente. A vida ainda pode te proporcionar grandes alegrias. Basta você acreditar em si mesmo. Abandone o cigarro enquanto pode. Substitua isso pela prática da leitura, pelo lazer, por uma boa conversa ou por um trabalho artístico. Mantenha sua mente ocupada e seus sintomas de depressão ficarão mais frágeis. Um dia você vai dizer para si mesmo: "Estou pronto para ser feliz novamente". Nesse dia, você encontrará uma mulher fantástica e com ela se casará. Poderá ter um emprego melhor e uma nova família. Sua vida então será restaurada.

Motorista

Muito obrigado pelo conselho, amigo. Esse processo de reconstrução da minha vida parece que vai ser bem lento. Vou esperar o momento certo para ressurgir. Enquanto isso, vou seguindo com muita fé. Realmente, suas palavras me ajudaram muito.

Vicente

Não precisa agradecer. Creio que Deus inspirou minhas palavras. Vamos em frente!

Um silêncio paira entre a dupla. O carro acelera e o sol começa a surgir. Isso era um ótimo sinal. O sol vinha trazer a energia necessária para aquecer os músculos, a alma e o coração. Era um alento para almas tão atribuladas.

A viagem se seguiu e eles não vinham a hora de chegar ao destino final e descansar de seus trabalhos.

Chegada no Seminário

A dupla finalmente chega ao seminário. Descendo do carro, o menino paga a passagem, se afasta do carro e caminho a largos passos em direção a entrada imponente do prédio. Um misto de inquietação, dúvida e nervosismo o prosseguia. O que aconteceria? Que emoções o aguardavam na nova morada? Só o tempo poderia responder suas questões mais internas.

Ele já estava na sala de atendimento. Com a mala nos braços, ele começou a responder perguntas de uma das freiras.

Angélica

De onde vem? Quantos anos você tem?

Vicente

Sou natural de Civitavechia. Tenho 12 anos e venho entrar na vida religiosa.

Angélica

Muito bem. Saiba que a vida religiosa não é um caminho fácil, garoto. A estrada do mundo é bem mais convidativa e mais leve. Ser religioso é uma grande responsabilidade. Inicialmente, você deve focar nos seus estudos. Se perceber que tem vocação religiosa, então será necessária dar o próximo passo. Tudo tem sua hora certa.

Vicente

Compreendo. É dessa forma que vou agir. Pode ficar tranquila.

Angélica

Então, o que posso dizer? Seja bem-vindo, querido. O lar da esperança é um local que acolhe a todos. Esperamos de você o cumprimento das regras de comportamento. O respeito é nosso principal preceito.

Vicente

Muito obrigado. Prometo que vai ficar tudo bem.

O garoto foi conduzido a um dos quartos. Como a viagem tinha sido cansativa, ele se propôs a descansar. Ele tinha que estar completamente recuperado para começar seus trabalhos apostólicos.

Visita de Nossa Senhora

Depois do jantar, o menino recolheu-se em oração no quarto. Um silêncio inquietante preenchia a noite. Instantes depois, começa a sentir uma brisa fina. Uma mulher se aproxima de dentro duma nuvem branca e pousa no quarto. Era uma mulher morena, jovial, com faces coradas e um sorriso surpreendente.

Vicente

Quem é você?

Maria

Meu nome é Maria. Sou mediadora de todas as graças necessárias para toda a humanidade.

Vicente

O que quer de mim?

Maria

Quero usar de você para advertir a humanidade. Vivemos tempos cruéis de heresia. A humanidade se desviou de Deus e o diabo dominou o mundo com seu ódio. Há bem poucas almas boas.

Vicente

O que devo fazer?

Maria

Rezai muito. Rezai o terço todos os dias pela cura da humanidade. Precisamos unir forças para tentar resgatar a humanidade.

Vicente

O que me diz sobre meu caminho apostólico?

Maria

Você tem tudo para crescer na minha igreja. Você é um jovem estudioso, educado, com valores e com bom coração. Você é um dos escolhidos para restabelecimento da Nova Igreja, uma religião mais inclusiva contemplando todos os servos desgarrados.

Vicente

Fico feliz com uma missão tão boa. Prometo me dedicar ao máximo. Precisamos fazer a igreja evoluir e ser a porta do céu para os fiéis. Muito grato por essa oportunidade.

Maria

Não precisa agradecer. Eu preciso ir embora. Fica com Deus.

Vicente

Obrigado, minha amada mãe. Te vejo em outra oportunidade.

A mãe de Deus retornou para nuvem e num piscar de olhos desapareceu. Cansado, o menino foi dormir. Os próximos dias trariam mais novidades.

Uma aula sobre religião

Logo de manhã, após café-da-manhã, começava a aula de teologia com os estudantes.

Professor

No início, Deus Criou os céus e a terra. Gradativamente, os espaços foram preenchidos pelos seres vivos. O grande Deus é o Deus da diversidade. Então foram criados milhões de espécies diferentes, cada qual com sua função específica. Foi criado a espécie humana e lhe dada a incumbência de cuidar da terra. Tudo era muito lindo com a paz reinando em todo reino. Até que os homens primitivos se rebelaram transgredindo a lei do criador. Surgiu assim o pecado que manchou a trajetória humana. Mas nem tudo estava perdido. Foi prometido a reconciliação com Deus num tempo futuro. Vimos que Cristo cumpriu bem esse papel nos devolvendo a santidade. Através da sua crucificação, Cristo uniu a humanidade inteira.

Vicente

Tem algumas coisas que não entendo nessa teoria. Será que o ser humano não era dualista desde sempre? Cristo morreu para nos salvar dos pecados ou foi vítima duma conspiração dos Judeus?

Professor

Na verdade, pouco sabemos sobre a origem da humanidade. Os manuscritos antigos relatam que o ser humano mantinha a santidade em sua origem e que uma transgressão da lei divina foi a causa da origem do pecado. Não há como saber qual é a verdade. É como o Cristo disse: Não é preciso viver para acreditar. Com relação à segunda pergunta, podemos afirmar que as duas hipóteses são verdadeiras. Nosso mestre foi vítima duma traição e isso serviu como um sacrifício pela humanidade. Cristo era perfeito e não merecia morrer. Sua morte foi o preço da fundação da Igreja e de nossa salvação.

Vicente

Compreendo e creio. Isso me leva a crer em suas palavras. Cristo pode ser o símbolo dessa força criativa que edifica o ser humano. Uma força solidária, compreensiva, que perdoa, que abraça bons e maus, que sempre espera uma reconciliação. Mas também é uma força de justiça, que protege os bons contra os maus. Nisso entra o conceito de lei de retorno. O mal que fizermos volta para nós com uma força maior ainda.

Professor

Exato, meu querido. Por isso é necessário policiar nossos valores. É necessário corrigir nossos erros para poder evoluir. Antes de falar, pense. Uma palavra mal colocada pode magoar bastante o nosso próximo. Essa mágoa pode gerar problemas psicológicos persistentes. Isso maltrata demais a alma do ser humano.

Vicente

Por isso meu lema sempre foi nunca magoar ninguém. Entretanto, as pessoas não têm o mesmo cuidado comigo. Elas nem se importam em causar dor e desentendimento. As pessoas são muito egoístas e materialistas.

Professor

Essa é a razão de estudarmos teologia. É compreender que Deus é uma força maior que ampara nossas fraquezas. É entender que o perdão é uma libertação de nossas culpas. É ver no sacrifício de Cristo um sinal para podermos batalhar contra os inimigos com a certeza da vitória.

Vicente

Obrigado, professor. Estou começando a gostar das aulas. Vamos em frente!

A aula durou a manhã toda e era um momento de prazer e acolhimento na fé de Cristo. Depois de terminar a aula, foram almoçar e descansar. Tudo estava bem no lar da esperança.

Conversa no seminário

Fazia dois anos que o jovem Vicente estudava. Então se aproximava o momento da conversa que ia decidir seu futuro.

Freira

Percebemos que você é um jovem muito esforçado em todos os campos. Queremos parabenizá-lo. Também gostaríamos de saber qual seu desejo para o futuro. Quer mesmo se tornar padre?

Vicente

Agradeço as palavras. Eu sou do Cristo desde que nasci. Então minha resposta é positiva. Quero me unir essa corrente do bem. Quero ganhar muitas almas para meu senhor.

Freira

Muito bem. Então vamos providenciar os ritos sagrados. De antemão, bem-vindo a turma.

Vicente

Muito obrigado. Prometo não decepcionar.

A vida se seguiu. Vicente foi ordenado padre e começou suas atividades sacerdotais. Era a concretização dum sonho antigo e sabia que isso era orgulho da família.

Entrada na congregação passionista

Vicente se dirigiu a congregação passionista com o objetivo de ter uma reunião com o fundador.

Paulo da Cruz

Quer dizer que você se interessa em entrar para nossa congregação?

Vicente

Sim. Vejo falarem muito bem do seu trabalho. Eu tenho afinidade com suas atividades. Quero dar o meu melhor e contribuir para o crescimento da equipe.

Paulo da Cruz

Fico feliz com sua decisão. Nossa empresa é aberta para todos que queiram colaborar. Seu trabalho apostólico me encanta e me faz crer que você é uma ótima aquisição. Seja bem-vindo.

Vicente

Estou lisonjeado. É mais uma realização de um sonho. Pode ter certeza de que darei meu melhor possível.

Vicente foi formalmente integrado a equipe e começou a se engajar nos trabalhos sociais da congregação. Era um grande exemplo de cristão.

Percorrendo o país como Missionário

Numa aldeia do sul da Itália

Camponesa

Quer dizer que você é o enviado de Deus? Como acha que pode ajudar uma pobre camponesa desesperada?

Vicente

Eu trago comigo a paz de Deus. Através dos ensinamentos divinos, você pode superar seus problemas e se tornar uma pessoa mais realizada.

Camponesa

Muito bem. Como posso ser feliz seguindo a lei divina?

Vicente

Cumpra os mandamentos. Ame a Deus em primeiro lugar como a si mesmo, não mates, não roubes, não inveje, trabalhe pelos seus sonhos, perdoe e faça caridade. Estas são algumas coisas que você pode fazer e se tornar um ser humano melhor.

Camponesa

Às vezes me sinto triste por causa das minhas frustrações pessoais. Meu sonho era ser médica, mas a pobreza me fez tomar outros caminhos. Hoje sou diarista e lavadeira de roupas. Com o dinheiro do trabalho, sustento meus três filhos. O meu marido alcoólatra fugiu com outra mulher. Até que achei isso bom pois ele era um peso na minha vida. Ainda lembro de suas traições e isso é doloroso. Eu queria encontrar um caminho mais nítido para minha vida.

Vicente

Cuide de seus filhos. Eles são sua maior riqueza. Nossa família é nossa maior riqueza. Pela minha experiência da vida, trate bem eles. Você realizará seus sonhos através deles.

Camponesa

Verdade. Eu me esforço muito para dar a eles tudo que não tive. Sou uma boa mãe conselheira. Eu só quero o melhor para meus filhos.

Vicente

Que bom. Deus vai abençoá-la e curar suas dores. Há males que vem para ensinar. Não há vitória sem sofrimento. O fracasso nos prepara para sermos verdadeiros vencedores.

Camponesa

Glória a Deus. Obrigada por tudo, padre.

Vicente

Agradeça a Deus, minha filha. Tudo de bom para você.

A obra do pastor cristão era realmente maravilhosa. Ele encantava multidões com sua sabedoria e fé em Cristo. Um grande exemplo que o bem sempre prevalece.

Morte do Fundador da congregação

Paulo da Cruz faleceu. Foi uma terrível dor para Vicente que era muito amigo dele. Foi um dia tormentoso. Uma multidão compareceu ao velório. Entre orações e lágrimas, lamentavam a perda daquele grande homem. A morte é mesmo inexplicável. A morte tem o poder de nos tirar a presença daqueles que mais amamos.

O cortejo fúnebre saiu da casa e avançou nas ruas da cidade rumo ao cemitério. Era uma tarde ensolarada com ventos fortes que batiam nos rostos assustadoramente. Ali, terminava a trajetória dum nobre homem. Um homem dedicado à sua crença religiosa.

O cortejo para diante do buraco cavado no cemitério. É dada a palavra final para o seu principal discípulo. Nosso querido Vicente.

"Chega o momento da despedida dum grande homem. Um homem com uma trajetória magnífica frente a sua congregação. Ele realmente se empenhou em sua missão. No seu projeto, ele ajudou milhares de pessoas com seus conselhos, sua ajuda financeira e seu bom exemplo. Deixou um rastro de nobreza. Orgulhou sua família, a sociedade e seus irmãos cristãos. Era de um caráter irretocável o que nos inspirou a sermos seres humanos melhores. Vai em paz, Irmão! Que o Deus criador te dê o descanso merecido. Um dia voltaremos a nos encontrar.

Entre lágrimas e aplausos, o corpo era sepultado. Ali terminava a trajetória dum grande homem na terra. Restava desejar muita sorte para ele em sua nova morada eterna.

Nomeação para o cargo de Bispo

Vicente Maria cresceu em sua missão e em santidade. Seu trabalho apostólico era admirado por todos. Como recompensa pelos seus trabalhos, sua diocese resolveu promovê-lo ao cargo de bispo.

Chegou o grande dia. Numa cerimônia particular, os clérigos se reuniram em grande festa.

Antigo Bispo

Chegou o momento de me aposentar e passar o restante da minha velhice descansando. Eis que escolhemos Vicente Maria para ocupar o meu lugar. Ele é um padre altamente capacitado para o cargo. Seu projeto na congregação tem se mostrando uma ferramenta valiosa para a Igreja católica no combate às heresias e na conquista de novos fiéis. Desejo uma ótima sorte, querido. Algo a declarar?

Vicente Maria

É uma honra para mim receber tal condecoração. Prometo continuar fiel às minhas crenças e cumprir a lei da santa madre Igreja. Deus esteja comigo neste grande reinício de caminhada.

Aplausos são dados para os dois. Era um início de novo ciclo na vida de todos. Sabiam que a diocese estava em boas mãos e que a santa madre Igreja ia crescer ainda mais. Deus esteja com todos!

A invasão de Napoleão Bonaparte

Napoleão Bonaparte era um Imperador que usurpou a Igreja. Visando dominar toda congregação, soldados invadiram a diocese exigindo uma posição do bispo.

Soldado

Estamos aqui em nome de Napoleão Bonaparte. Senhor Bispo, você se submete a autoridade de Napoleão Bonaparte?

Vicente Maria

Nunca. Eu não me submeto a autoridade de homem nenhum. Sou servo apenas de Cristo.

Soldado

Pois bem! Vou levá-lo preso. Você terá muito que sofrer para aprender as respeitar as autoridades.

Vicente Maria

Se isso for da vontade de Deus, estou pronto! Podem me levar. Não tenho medo da justiça dos homens.

O bispo foi levado para a prisão. Posteriormente, foi exilado para as cidades de Novara e Milão, durante um período de sete anos.

O período de exílio

Durante os sete anos que foi exilado, Vicente sofreu os mais diversos tipos de tortura físicas e verbais o que provou sua fé. Eram tempos difíceis onde o Imperialismo era o poder maior. Relato dele na prisão:

"Senhor Deus, como sofro! Eu me vejo num caminho sem saída. Meus opressores são muitos e fortes. Eu me sinto tão sozinho. Entretanto, senhor, tu és minha força e fortaleza. Em ti creio num ressurgimento. Creio que isso é uma fase e que tua mão poderosa pode vir transformar minha vida. Confio nos meus valores e na minha fé. Tudo vai ficar bem".

Soldado

O reino de Napoleão Bonaparte caiu. Você está livre para voltar para sua diocese.

Vicente

Glória a Deus. Não sei como agradecer essa libertação. Pela primeira vez em minha vida, eu me sinto totalmente livre. Glória a Deus por isso! Minha missão poderá continuar.

Despedida da missão

Vicente Maria exerceu o cargo de bispo por mais alguns anos. Já idoso, pediu a renúncia do cargo. Livre de suas obrigações, ele continuou ajudar nas missões catequistas. Sua missão se estendeu até o final de seus dias. Sua canonização oficial ocorreu no ano de 1950.

O fim

CPSIA information can be obtained
at www.ICGtesting.com
Printed in the USA
LVHW021943301122
734228LV00004B/289

9 786599 704192